# 만코만코 하고하고

# 만코만코 하고하고

김상렬 판타지풍자소설

도화

만코만코 하고하고

초판 1쇄인쇄 2017년 12월 24일
초판 1쇄발행 2017년 12월 27일

저 자 김상렬

발행인 박지연
발행처 도서출판 도화
등 록 2013년 11월 19일 제2013－ 000124호
주 소 서울시 송파구 중대로34길 9－ 3
전 화 02) 3012－1030
팩 스 02) 3012－1031
전자우편 dohwa1030@daum.net
인 쇄 (주)상현디앤피
ISBN ㅣ 979－11－86644－51－5*03810
정가 13,000원

이 책은 충청남도 충남문화재단에서 사업비 일부를 지원받아 발간되었습니다.



도화道化, fool는
고정적인 질서에 대한 익살맞은 비판자,
고정화된 사고의 틀을 해체한다는 뜻입니다.

# 차례

작가의 말

# 우리 사는 게 곧 풍자이며 판타지

문학의 시대는 정말 가고 있는 것인가?

아니다, 그렇지 않다. 다만 그 형식파괴만이 조금씩 달리 이루어지고 있을 뿐이다. 그 본질이나 내용에서는 결코 사라지거나 땅에 묻히지 않는 게 예술의 끈질긴 생명력이다. 저 무한대의 자연계와 우리가 몸담고 사는 지구별이 존재하는 한, 문학도 본능처럼 쉬지 않고 숨을 쉴 터이다. 그래서 나는 여전히 위대한 '이야기의 힘'을 믿는다.

이 이야기의 힘을 통한 재미와 감동이 바다처럼 출렁였던 마르케스의 『백년 동안의 고독』이라든가 오르한 파묵의 『내 이름은 빨강』과 『검은 책』 등은, 이 모험어린 작품집을 내는 데 적잖은 자극을 주었다. 현실과 환상, 또는 역사와 시대정신을 자유자재로 넘나들면서 소위 '마술적 리얼리즘'을 유감없이 발휘한 두 거장의 창조적 상상력, 또는 거침없는 묘사의 능소능대한 문장력이, 섬처럼 갇힌 좁은 한국 땅의 매우 단순한 리얼리즘 작가이면서 또한 성실한 독자이기도 한 나를, 그만 한 순간에 압도하고 말았던 것이다.

따라서 이 작은 판타지·풍자소설집은, 소설로써 내 문학과 인생의 의미를 새라새롭게 일깨워 준 그들에게의 헌사이며, 손바닥 같은 짧은 분량의 단검으로도 얼마든지 촌철살인할 수 있다는 내 객기어린 실험정신의 산물이기도 하다. 완전한 판타지가 아닌데 어딘지 황당하게 묘하고, 본격 풍자도 아니면서 또 영락없는 우리네 현실을 빼어 닮은, 그런저런 웃지 못할 내용들을 한데 정리해 그러모았다. 때로는 병든 세상의 문명비판 같다가도 또 때로는 애환 어린 신세타령으로 스르르 빠져들고 마는, 이 설면하면서 데면데면한 이야기들을 조금은 애정 어린 눈길로 바라봐 주었으면 싶다. 따뜻하고도 은밀한 웃음을 은짬인 듯 입가에 머금으면서.

지난 3년여 동안 이 어쭙잖은 개코쥐코 글들을 정성껏 연재해 준 〈공주문화〉에 우선 감사드린다. 거기 문화원장님인 나태주 시인의 권유에 따라 이 소중한 지면을 만났는데, 맨 뒤 두 단편 말고는 거의 다 여기에 엽편소설 형식으로 실린 것들이다.

옴니암니 함께 공감해 준 여러 독자들한테도 깊은 사랑의 마음 전한다. 글 쓰는 동안 아낌없이 소재 찾아 희희낙락 조언해 준 가족들한테, 먼 이국땅에서 햇살처럼 빙긋 손 내밀어 박수쳐 준 이안이녀석한테도 많이 고맙다.

2017년 겨울에, 함박덕에서

김상렬

# 1장
# 만코만코

# 박차고 나온 놈이

또 치통인가?

잠에서 깨어나니 왼쪽 잇몸이 욱신거린다. 그쪽 위아래 어금니가 또 말썽인가 싶다. 치과의사는 그 뿌리와 신경 여러 가닥이 썩었다면서 빨리 뽑아내야겠다고 했지만, 사내는 생각만으로도 겁이 나 여태껏 바장이며 미뤄왔는데, 이즈음엔 밥알이 슬쩍 스치기만 해도 비명을 지를 만큼 아플 때가 많았다. 어렵사리 상체를 일으킨 사내는, 물에 젖은 솜처럼 무거운 피로감을 느끼면서 늘어지게 기지개를 켰다. 아무래도 지난밤의 정성이 너무 지나쳤나 보았다. 아내와 함께 심야기도에 다녀온 다음, 쑥물을 푼 뜨뜻한 욕조에 무거운 육신을 푹 담가 씻고 나서 달게 잠이 들었었다.

"좋은 꿈 꿨어요?"

나긋한 어조로 아내가 환히 웃으며 들여다본다. 여자는 벌써 상큼한 화장까지 마친 모습이었다. 내일모레 곧 불혹의 나이라고는 하지만, 여자는 아직 젊음의 긴장감을 잃지 않으려 애쓴다. 그래서 몸도 마음도 늘 새물내 나게 가꾸어 보듬고, 어떻게든 아이를 갖고야 말겠다는 아름찬 소망의 끈을 놓치는 법이 없었다.

"이러다가 병원 늦겠네. 어서 일어나요."

"그래, 알았어. 내 팔자도 참……"

"영혼이 아름다워야 할 신성한 아침에 또 팔자타령이우?"

여자가 메지대어 눈 흘기는 바람에, 사내는 비로소 자리에서 벌떡 일어나 외출차비에 나섰다. 아내의 타박마따나 그의 팔자는 사실 금슬 좋은 부부 사이에 애가 생기지 않는다는 점 말고는 거의 남부러울 게 없었다.

혹시 조물주의 공평성 때문?

세수를 끝낸 그가 식탁 앞에 앉으면서 문득 든 상념이다. 다른 건 다 주어도 그것만은 결코 안 된다는 심술궂은 신神의 농간이 아니라면, 어찌 이리 건강하고 맑고 밝게 살아가는 부부한테, 그런 억울한 짐을 부당하게 지울 수 있단 말인가.

잠시 눈을 감고 기도한 뒤 식탁 위를 둘러보자, 반찬은 온통 알 투성이다. 숭어알과 꽃게 알이 든 알탕은 물론, 통통 불그레한 명란젓과 달걀찜, 알배기 조기구이까지. 사내가 워낙 즐기는 식성이 알 종류인 탓도 있지만, 병원 가는 날을 전후한 아내의 손에 밴 식단은 오늘도 어김이 없었다. 여자는 분명 어디선가 '불임 남성한테는 알을 먹이라'는 헛된 낭설을 미신처럼 전해 들었을 터이다.

지난밤의 기도회에서도 목사님은 '하나님의 다산多産의 능력'에 대해서 이 알을 비유해 설교했다. 마치 애를 갖지 못한 이들 부부한테 잘 새겨들으라는 듯.

—죄 많은 이 지구상에 종말이 올지라도, 우리 주님은 절대 씨를 말리지 않습니다. 알을 포기하지 않습니다. 저 드넓은 바다의 수많은 생명체들 뱃속을 한번 들여다보십시오. 얼마나 엄청난 알들을 품고 있습니까. 온 인류가 두고두고 파먹어도 그 위대한 알들은 자꾸자꾸 새로 생겨납니다. 우리 성경에

는 이와 같은 은혜로운 기적이 아주 실증적으로 기록돼 있습니다. 자, 보십시오. 아브라함이 이삭을 낳고, 이삭은 야곱을 낳고, 야곱은 유다와 그의 형제를 낳고, 유다는 다말에게서 베레스와 세라를 낳고, 베레스는 헤스론을 낳고, 헤스론은 람을 낳고, 람은 아미나답을 낳고, 아미나답은 나손을 낳고, 나손은 살몬을 낳고, 살몬은 라합에게서 보아스를 낳고, 보아스는 룻에게서 오벳을 낳고, 오벳은 이새를 낳고, 이새는 다윗왕을 낳고, 다윗은 우리야의 아내에게서 솔로몬을 낳고, 솔로몬은 르호보함을 낳고, 르호보함은 아비야를 낳고, 아비야는 아사를 낳고, 아사는 여호사밧을 낳고, 여호사밧은 요람을 낳고, 요람은 웃시야를 낳고, 낳고, 낳고…….

그런데 왜 나는 낳을 수 없다는 거야?

억지로 뽑아낸 자신의 정자精子 컵을 담당 의사한테 건네고 돌아선 사내는, 견디기 힘든 모멸감에 휩싸이면서 치를 떨었다. 이제 더 이상 시험관 아이를 시도하지 않겠다는 결심까지 새삼 앙다문다. 매번 그러면서도, 사내의 의지는 번번이 아내의 그악스런 고집 앞에 그만 폭 고개를 숙이기 십상이지만.

의사와의 만남을 마치고 나온 아내의 표정은 역시 해맑은 꽃으로 다시 피어났다. 우리도 당당히 이 세상에 유전자를 퍼뜨릴 수 있다는 새로운 가능성으로. 병원에서 돌아 나올 때의 사내는 늘 참담한 심정인데, 여자는 반대로 늘 꿈에 부풀어 오르기 마련이었다. 남편의 팔짱을 끼고 나선 여자가, 병원 맞은편의 소문난 맛집을 턱짓으로 가리키며 말한다.

"어휴, 배고파. 점심때도 지났는데, 우리 저기 가서 주꾸미나 볶아 먹읍시다."

"또 알 먹이려구?"

"기왕 내친김에 한 번만 더 먹어요. 요즘이 제철이래잖아. 통통하게 알이 밴, 주꾸미 철."

"야, 못 말린다, 이 여자!"

말은 그러면서도 사내는 순순히 여자를 따랐다. 식당 안은 입소문대로 만원 손님으로 바글거렸고, 주문한 주꾸미 철판 볶음은 입 안에 착착 달라붙었다. 여자는 주꾸미 알주머니를 가위로 잘라 남편 앞에 탑처럼 자꾸 쌓아올려 주었고, 사내는 오도독오도독 잘도 받아먹었다. 그런데 한 순간 사내가 비명을 내지르고 만다. 오도독오도독 씹히던 수많은 알 중의 하나가 그만, 치통을 앓고 있는 그의 썩은 이 뿌리 사이로 스르르 미끄러져 들어간 것이다.

"아, 아, 아, 아!"

고통스런 단말마를 내지르며 나뒹구는 사내의 입 밖으로, 방금 전에 먹었던 주꾸미 알들은 벌써 올챙이 같은 귀여운 새끼들로 부화되어, 쏟아지고, 쏟아지고, 한없이 쏟아져 나왔다.

# 만코만코 하고하고

“어머, 이게 뭐야? 무슨 벌레가 이리 이쁘고 앙증맞지?”

김밥 한 덩이를 입에 넣다 말고, 그녀는 야외식탁 모서리에 내려앉은 희디흰 벌레에 단박 사로잡혔다. 무슨 이팝나무 꽃이파리 같은 기이한 색깔과 모양새가 볼수록 신통한 그녀는, 다시 한 번 남편한테 호들갑을 떤다.

“이것 봐요, 생전 처음 보는 벌레 같은데, 도대체 이게 뭘까? 어쨌든 눈송이 같은 게 너무 귀엽다!”

"당신도 참, 난 징그러운데 귀엽다고? 그나저나, 이게 뭐지?"

조금은 시큰둥한 반응으로 가만히 들여다보던 남편 역시 이내 도리질을 쳤다. 귀농 12년차 농사꾼인 그도 난생 처음 접해 본다는 표정. 금방 뻥튀기된 쌀알 모양으로, 머리나 꼬리가 어딘지 모를 만큼 갈가리 찢겨진 게 속 깊이 들여다볼수록 수상쩍었다. 그가 슬쩍 손가락 끝으로 건드리자, 놈은 순식간에 스프링처럼 톡 튀어 오른다. 날랜 벼룩보다도 훨씬 잽싸고 높고 먼 거리의 비상이었다. 융단처럼 말끔히 깎인 잔디밭에 떨어져, 어디론지 다시 튀어 사라져버렸다.

참, 이상한 놈이네? 우리 토종은 아닌 게 확실한데, 그렇다면 대관절 어느 나라에서 묻혀 들어왔지?

그는 고소한 김밥을 입에 넣어 오물거리며 조금은 버름한 상념에 젖어들었다. 생긴 건 비록 귀엽고 화려하고 앙증맞지만, 혹시 성질 고약한 해충이거나 못된 바이러스 매개체라도 된다면 어떡할 것인가?

그는 놈이 사라진 쪽을 또 흘깃 돌아보았다. 그리고 사뿐 밟고 있는 잔디밭의 폭신한 감촉을 새삼스레 음미했다. 아내는 이 잔디마당에서 식사하는 걸 꽤나 즐기는데, 가끔씩 집에서 직접 가꾸고 키운 갖가지 식재료 넣어 정성들여 김밥을 싸는 것도, 일부러 소풍 나들이 기분을 내기 위해서라 했다. 사방이 갖가지 유실수로 둘러싸인 아담한 전원주택에서, 건강한 노후를 맞이하는 이 풀밭 위의 점심이 어찌 행복하지 않으랴. 고소하고 영양가 높은 유정란의 토종닭장과 흑염소, 토끼장 등의 소규모 축사들 또한 널찍한 과수원 울타리 안에 함께 들어차 있음은 물론이다.

그런데 아내가 황망히 김밥덩이를 떨어뜨리며 다시 소리친다.

"어, 이번엔 떼거리로 몰려들었네? 이거 왜 이래? 요놈들이 어디서 이리 날아든 거야?"

"이건 분명 호러(공포) 새끼들이야. 아무래도 이상하다구!"

남편의 뇌리 속으로 불길한 예감이 번개처럼 스쳐 지나갔다. 줄 맞춰 사이좋게 들어앉은 찬합 안의 김밥에, 그 검은색과 선명히 대비되는 새하얀 날벌레들이 아주 아름다운 무늬처럼 떼 지어 내려앉아 있어서, 그는 반사적으로 머리 위 감나무를 올려다보았다. 역시 싱그러운 잎과 줄기마다 하얗게 붙어 있다. 그는 벌떡 자리에서 일어나 바로 옆 텃밭으로 눈길을 돌려 다시금 유심히 살펴보았다. 풋고추와 상추, 여러 쌈채소들 역시 이 호러 떼의 습격을 한창 내려 받고 있는 중이었다. 옥수수와 콩밭도 마찬가지였고, 대추와 매실, 복숭아 나무들 역시 똑같았다. 그 어떤 풀과 나무, 곡식도 가리지 않고 닥지닥지 달라붙어 단 수액을 그악스레 빨아대고 있었다. 그는 부리나케 핸드폰을 꺼내어 시청 담당자를 찾았다.

"여기, 꽤 심각한 일이 벌어졌는데요. 꼭 튀밥처럼 생긴 정체불명의 하얀 날벌레들이 떼거리로 습격했어요. 저……"

"아, 거기도요? 거, 참! 안 그래도 전문가들과 함께 출동하려던 참이었습니다. 여기저기서 요상한 신고들이 줄을 잇고 있어서 말이죠."

담당자는 이쪽의 주소와 신고자 이름, 연락처 등을 묻고 서둘러 전화를 끊었다. 그제야 아주 서그럽게 벌레들을 바라보고 맞아주었던 아내의 태도나 안색이 일시에 확 바뀌었다. 불안한 그녀가 황망히 남편을 건너다본다.

"이것들이 혹시 아프리카에서 건너온 에볼라 바이러스 숙주들이면 어떡하죠? 아님 소를 쓰러뜨린다는 그 악명 높은 체체파리?"

"저 먼 아프리카에서까지 날아올 리는 없지. 중국에서 건

너온 신종 사스나 조류독감 매개체라면 혹 몰라도……"

"세계가 하나 된 글로벌 시대라는 거 몰라요? 그런 측면에서 보자면 아프리카에서 가장 무섭다는 기생충 숙주거나 살인진드기 애벌레는 아닐까?"

"당신도 참, 쓸데없는 걱정은 접어두고 일단 전문가들이나 기다려 보자구."

"우리 토종 꿀벌을 멸종시킨다는 그 낭충봉아부패병 바이러스를 퍼뜨리는 놈들?"

"당신도 엉터리 세균학자 다 됐군. 허튼소리 그만하고, 그 남은 김밥이나 마저 먹어 치우지."

그리고 아직 배가 덜 찬 남편은 허겁지겁 김밥을 다시 먹기 시작했고, 아내 역시 그를 따라 마지막 한 덩이를 입으로 가져갔다. 하지만 한 순간 목이 컥 막히는가 싶더니, 이내 숨을 못 쉴 정도로 가슴이 답답해졌다. 쓰린 목젖의 통증과 함께 그녀는 그만 그 자리에 털썩 주저앉고 말았는데, 호러가 앉았던 김 가닥이 그대로 목구멍 벽면에 달라붙어 좀체 떨어지지 않아서였다.

그녀가 병원 응급실로 황망히 실려 가는 것과 거의 동시에 시청 관계자들이 찾아들었을 때, 마른 날벼락의 하늘에선 희디흰 밥풀떼기 같은 호러들이 마치 헤아릴 수 없는 함박눈처럼 하늘 가득 흩날려 내렸다. 그 이후 이 전원주택에서 가꾸던 갖은 채소와 유실수들이 하얗게 말라가는 건 물론, 애지중지 기르던 닭이나 흑염소 등의 가축 또한 떼거리로 시름시름 앓다가 숨을 거두었다.

# 블루하우스

1.

화창한 어느 봄날의 점심시간, 모르고공화국 통령의 영부인 부네는 모처럼 남편 헤미르, 비서실의 문고리 3인방과 함께 황금빛 둥근 식탁에 둘러앉았다. 남태평양의 시푸른 바다가 훤히 내려다보이는 블루하우스 로즈룸. 식탁 한가운데 작은 구멍에는 딱 그만한 크기의 원숭이 머리통이 붙박여 있다. 망치를 든 부네가 활짝 입을 열었다.

"자, 그럼 천천히 오찬을 시작해 볼까요?"

너무도 천연덕스럽게 웃고 난 그녀가 곧바로 망치를 내리친다. 카아악, 금속 줄에 단단히 결박된 채 비명을 내지르는 식탁 밑의 작은 원숭이는, 몇 번을 더 처절한 단말마로 몸부림치다가 이내 잠잠해져버렸다. 그러자 이번에는 부네의 맞은편에서 예리한 톱을 미리감치 들고 서있던 의전담당 비서 봉그래가 익숙한 솜씨로 원숭이 머리통을 옆으로 자른다.

그의 날렵하고도 정교한 톱질이 끝나고 뚜껑 열린 사기그릇 같은 골 안의 하얀 뇌수가 드러나자, 벌써 위스키 몇 모금을 입 안에 부어넣은 헤미르 통령이 서둘러 금수저를 들며 말하였다.

"식욕이 떨어질 땐 역시 원숭이골이 최고지. 자자, 맛나게 떠 먹자구. 본 메뉴가 나오기 전에 이 위스키로 입가심도 좀 하구."

"당신은 또 대낮부터 술타령이우? 나라 위해 할 일은 태산같이 쌓여 가는데, 보라는 정사는 돌보지 않고 맨날 주색잡기에나 빠져 있으니, 원."

그래서 통령 대신 자신이 매사에 적극 나설 수밖에 없다는 투로, 부네가 도끼눈을 부릅떴다. 그녀는 마냥 이런 식이었다. 프랑스 식민지에서 어렵사리 독립할 때 그전 대대로 추장의 후손이었다는 명분으로 어영부영 모르고공화국 통령 지위에 오른 헤미르를, 그의 아내 부네는 이렇듯 늘 쌀쌀맞게 싹 무시하고 나서는 거였다. 그도 그럴 것이, 어릴 적부터의 헤미르는 고작 정글 속의 사냥터에서 멧돼지를 쫓거나 배를 타고 격랑의 바다로 나아가 참치낚시를 즐겼을 뿐, 책 읽고 철학하는 데하고는 멀어도 너무 거리가 멀어서였다. 그나마 프랑스에서 의상디자인 공부를 마치고 돌아온 부네를 뒤늦게 만나고 나서, 겨우 문자를 제대로 배우고 세상 물정을 널리 익히게 된 것만도 큰 다행이었다. 따라서 그런 무능, 무식으로 인민과의 소통이 영 안 될 수밖에 없는 남편 대신, 유능하고 욕심 많은 그녀가 비서실 착실히 챙겨 장관 임명하고 명연설문 써주는 일 따윈 너무나 당연한 노릇이었다.

그러거나 말거나 헤미르와 그 일행은 연신 즐거운 낯색으로 하얀 원숭이골 퍼 먹기에 바쁘고, 입가에 뇌를 묻히다가만 부네는 다시 새로운 요리를 손짓한다. 이번에는 그녀가 프랑스 시절 자주 먹었던 푸아그라였다. 3개월이 된 거위를 움직일 수 없는 우리 안에 가두고, 강제로 옥수수와 물을 퍼 넣어 정상 크기의 열 배로 간 지방을 부풀려서, 그걸 빼내 요리해 먹는 푸아그라.

본격 식사는 자라탕으로 정해져 있었다. 온갖 약재와 양념이 우러난 가마솥 안에 살아있는 자라를 넣고 탕을 끓이면, 끓는 그 물의 온도가 점점 높아짐에 따라 또 서서히 죽어가는 자라의 살 속으로 양념이 잘 스며들게 해 먹는 요리.

그렇게 웃고 떠들며 한바탕 살판나게 점심을 먹고 난 부네는, 가물가물한 몽혼의 단 낮잠 속으로 빨려들었다.

여기는 도대체 어디일까. 바다 밑 용궁일까, 아니면 저승사자가 사는 염열지옥일까?

부네는 무릎 꿇고 싹싹 빌었다. 어느 구중궁궐 안 위엄에 찬 재판정인데, 저 아득한 층층대 위에선 염라대왕의 사촌쯤 되는 걸신乞神이 칼날처럼 카랑한 목소리로 이렇게 판결을 내렸다.

—너한테는 이제 굶주림의 벌을 주겠노라.

—아니옵니다. 다시는 그런 식으로 점심을 먹지 않겠으니, 부디 한 번만 용서해 주십시오.

—살짝 점만 찍듯이, 간식처럼 먹어야 하는 점심을 그렇듯 호화롭고 잔인무도하게 살생하며 호식했으니, 니가 받는 형

벌은 마땅히 죽을 때까지의 굶주림이어야 한다. 자, 다시 지체 없이 세상 속으로 나가거라.

그리하여 부네는 유황이 타는 모래밭 길을 헤치고 용케 세상 속으로 나왔다. 하지만 곧 배가 고팠다. 먹어도 또 먹어도 배가 채워지지 않았다. 수저를 내려놓고 돌아서기 바쁘게 늘 배가 고파 견딜 수가 없었다. 입 안은 바짝 타고 목이 말랐다. 그녀는 닥치는 대로 먹을 것을 찾아 헤맸다. 낮과 밤을 가릴 것 없이 그저 뭐든 먹어치우기만 하다가, 마침내 돈이 떨어져 프랑스에 유학가 있는 딸도 팔아넘기지 않으면 안 되었다.

—사랑하는 딸아, 이제 너를 팔지 않으면 안 되겠구나.

—엄마, 왜 저를 팔아요? 궁전 같은 블루하우스도, 수십억짜리 말들도 있잖아요.

—그것들도 이미 다 팔아치웠다.

그리하여 결국 애지중지하는 딸까지 팔아치웠지만, 그녀의 모진 굶주림은 결코 끝나지 않았다. 먹어도 또 먹어도 늘 배가 고팠다. 너무 배가 고픈 나머지 그녀는 결국 환장해 미치고 말았다. 팔을 물어뜯고, 발가락과 허벅지를, 심장을 도려내 먹고, 그리고 드디어 자신의 온몸을 갈기갈기 찢어 먹고 나서야 그녀의 굶주림은 겨우 끝났다.

"아아, 아파! 아파 죽겠어!!"

번쩍 눈을 뜬 부네의 몸뚱어리는, 온통 끈적이는 땀으로 흠뻑 젖어 있었다.

2.

모르고공화국은 애초에 도둑이 없는 나라였다. 풍부한 지하자원과 언제나 여름인 천혜의 자연환경으로, 어디에서나 꽃과 과일이, 1년 4모작의 농작물이 절로 넘쳐났으며, 밀림 속 야생동물이나 시푸른 바다에서 생산되는 갖가지 해산물도 많고 넘쳐서, 온 인민이 넉넉히 자급자족하는 건 물론 밀려드는 외국 관광객들한테 싼 값에 펑펑 공급하거나 해외로 다량 수출하고도 남아돌았다. 이런 여유롭고 풍족한 현상은 다 이 나라의 무능한 통령 헤미르의 위대한 치적으로 널리 회자되는 것 또한 물론이었다.

그런데 언젠가부터 이상한 소문이 스멀스멀 떠돌아다니기 시작했다. 이와 같은 지상낙원의 수도 한복판에서 별 거지 같은 도둑놈들이 자주 생겨나고 있다는 점이었다. 하룻밤 자고 나면 어디에선가 꼭 한두 가지씩의 도난사건이 벌어진다고 야단법석이었다. 참다못한 헤미르는 부리나케 경호대장 민딩고를 불렀다.

“이 평화롭고 안락한 나라의 치안을 망치고, 함부로 인심을 더럽히는 놈들을 하루빨리 소탕해야겠소.”

“알겠습니다, 각하. 하오나……”

잠시 주저하는 듯하던 경호대장이 다시 계속했다.

“그동안 모르고 인민들은 먹고사는 게 너무 편해서 아주 나태한 게으름병에 걸려 있었습니다. 도무지 심심해서 견디지 못할 만큼. 그런 판국에 때맞춰 사소한 도둑사건이라도 생겨주니 얼마나 다행입니까.”

“뭐라?”

“나라가 너무 조용하고 먹고살기에 풍족하기만 하면 언젠가는 스스로 자멸할 수도 있다는 얘기입니다. 크고작은 범죄가 적당히 생겨나 줘야 경찰이나 변호사, 판검사 같은 법조계가 생기를 띠고, 적당히 몸이 아픈 환자가 발생해야 의사, 간호사, 제약회사 같은 의료계 종사자들도 일할 맛이 나는 거죠. 죄를 범하고 회개하는 죄인들이 생산되어야 승려, 목사 같은 종교인들이 제대로 먹고살 수 있으며, 그래야 내수경제가 더욱 활성화되고, 많은 일자리가 만들어집니다. 인민들의 피땀어린 세금으로 운영되는 국가조직의 존재 이유도, 그런 여러 사건사고를 통해 늘 새롭게 확인되는 거라고 믿습니다. 다시 말씀드리자면, 세상은 그침 없이 좋은 일 나쁜 일들이 서로 뒤엉켜 톱니바퀴처럼 물고 돌아가야 한다는 것입죠."

"허, 그래요? 듣고 보니 그거, 탁견이네!"

헤미르 통령은 불현듯 표정이 화안해지면서 민딩고의 어깨를 다독여주었다. 그리고 다시 명령했다.

"아무튼 별장에 가있는 영부인도 어젯밤 애완용 꽃닭 한 마리를 도둑 맞았다고 하니, 어서 거기부터 가보오."

"예, 그리하겠습니다. 각하!"

충성어린 경례를 올려붙이고 난 민딩고는 주저 없이 통령의 바닷가 별장으로 차를 몰았다. 그러면서 이내 삐딱한 역심逆心을 품는다.

으이구, 저걸 그냥!

저 못난 통령을 언제든 한 방에 날려버릴 수도 있다는 자신감이었다. 워낙 규모 작은 섬나라이다 보니, 제 휘하의 마흔일곱 경호대원만으로도 한밤의 쿠데타는 너끈히 성공시킬 수 있을 터였다.

하지만 그는 솔직히 골치 아픈 통령 따위는 원하지 않는 자리였다. 지금 이대로의 특수 활동, 통령 경호부대의 대장노릇이 훨씬 더 매력 있고 좋았다. 여자를 남자로, 남자를 여자로 만드는 일 외에는 거의 불가능한 게 없다 할 정도로 막강한 힘의 소유자였으므로, 그 비밀스런 직책만 건들건들 거들먹거리며 잘 수행하는 것만으로도 충분했다. 그리고 사랑하는 제 부하들한테 이런저런 도둑질을 시키며 국정농단하는 게 무엇보다 쏠쏠하고도 큰 재미였다.

지난밤 통령의 별장에서 사라진 영부인의 꽃닭사건만 해도 사실은 철저한 민딩고의 사전연출 작품이었다. 남 몰래 내통하는 그녀, 부네를 만나기 위한 교활한 술책이었던 것. 처음엔 아끼는 오른팔 부하인 라우리 중사한테 그곳의 닭장에 갇힌 꽃닭의 닭똥집(모래주머니)이 먹고 싶다면서 그걸 훔쳐오라 지시했는데, 그걸 얻으려면 암만해도 닭을 죽여야 한다고 판단한 결과이기도 했다. 언젠가는 소꼬리가 먹고 싶다고 했더니, 라우리는 그날 밤 어디선가 소 한 마리를 통째로 훔쳐 온 적도 있었다. 마리화나 같은 마약도 몇 번 부탁해 구한 적이 있는데, 오늘 밤엔 기어코 돼지홍분제를 좀 훔쳐 오라고 지시할 작정이었다. 시중에 은밀히 떠도는 말에 의하면 요즘엔 엉뚱하게도 호색녀들 사이에서 그게 대유행이라고 했다.

하지만 그 약은 이미 별장의 부네가 먼저 애지중지 속바지 주머니 안에 감춰놓고 있었다. 둘은 소리라도 날 것처럼 뜨거운 시선을 서로 마주쳤다. 둘의 밀회는 늘 어두운 밤을 피한 아침이거나 햇빛 밝은 한낮의 침실이었다.

"오늘은 당신을 훔쳐야겠소."

하고 민딩고가 별장 안으로 들어서자, 여태껏 목마르게 기다리고 있던 그녀는 애교 섞인 코맹맹이 소리로 속삭였다.

"잠깐만 기다려요. 이걸 먹고 나서, 사랑하자구."

"아무리 그래도 그렇지, 어떻게 돼지홍분제를?"

"동물은 다 똑같아. 사람이나 돼지나!"

그리고 그녀는 이내 불덩이처럼 후끈 달아오르기 시작했다. 남모르는 사랑 앞에서의 그녀는, 도무지 영부인으로서의 체면이나 자존심이 따로 준비돼 있지 않았다.

# 최후의 마을

산에서 내려오자마자 그는 곧 작은 동물농장 안으로 들어섰다.

기르는 가축은 주로 야산에 그냥 놓아먹이는 수백 마리의 토종닭과 유황오리들이 주종을 이루지만, 그 한 켠에는 또 흑염소 열대여섯 마리와 번식력 강한 토끼장도 곁들여 있어, 남들이 그리 듣기 좋으라고 '동물농장'이라 불러준다. 푸른 풀밭에서 한가로이 노닐며 먹이를 쪼아대는 놈들의 겉모습은 그렇게 거늑한 목가풍일 수 없으나, 그 안의 숨은 속내를 조금 더 자세히 곰파보면 서로 잡아먹고 괴롭히는 끔찍한 살풍경 또한 가관이다.

그가 점찍어두고 있는 표독스런 유황오리 한 놈은, 지금도 여전히 병들어 가물가물 졸고 있는 수탉 쪼아대기에 여념이 없었다. 족제비한테 물린 등골이 주먹만큼 함몰되고 왼쪽 다리가 반쯤 부러진 수탉은, 아무래도 다시 건강을 되찾을 가망이 없어 보이지만, 아프고 쓰린 그 상처만을 골라 더욱 세차게 물어뜯으며 괴롭히는 오리 놈의 타고난 공격성은 잔인하다 못해 차라리 가증스럽다. 주인이 빤히 지켜보는데도 좀체 멈출 줄 몰라, 그는 냅다 들고 있던 플라스틱 사료 바가지를 놈한테 내던진다. 푸드덕 날갯짓하며 혼비백산 도망치는 놈에게 그는 다시금 세찬 살의를 느낀다.

그래, 오늘은 반드시 네 놈을 죽여주마. 아무리 약육강식의 축생이라지만, 그토록 몰강스럽고 냉혹한 인정머리가 어디 있겠는가.

종種은 비록 다를지라도, 여태껏 한 울타리 안에서 아웅다웅 한 솥밥 먹으며 살아온 가족인데, 어찌 그리 병든 식구를 시도때도없이 용골때질할 수 있느냐는 반감이 절로 싹터올랐다. 그래서 오늘, 그는 마침내 이 오리를 잡아 없애기로 작정한다.

그러면서 또 한편 생각하니 그것은 수탉이 치러내야 할 당연한 업보로도 여겨졌다. 놈은 한때 황금 깃을 한껏 치켜세우며 저 숱한 암탉과 오리들을 언제든 무자비하게 쪼아대고 괴롭혔으므로 그렇다. 지금의 저 청동빛 오리 따위는 감히 곁에 와서 얼씬거리지도 못할 만큼 힘이 세고 권위 있는 우상이며, 헌걸찬 대장이었던 것이다.

물론 다른 암탉들 역시 저 수탉 앞에서는 알 낳는 차례대로 다시 몸을 바치고, 온종일 졸졸졸 따라다니는 걸 아주 큰 복종의 즐거움으로 삼았는데, 그럴 때의 놈의 위세는 진정 하늘을 찌를 듯하였다. 윤기 자르르한 황금빛 깃털과 선홍의 볏, 삼지창 같은 두 발로 우뚝 땅을 꿰어차고 서서 우렁차게 홰치는 모습은, 세상의 그 어떤 위엄의 새들보다도 더 우람하고 아름다운 자태가 아닐 수 없었다.

그런데 저런 하찮은 조무래기 오리 녀석한테 한사코 당하고만 있다니, 하고 주인은 그 권세의 무상함에 다시금 혀를 찬다. 모름지기 복수혈전은 돌고 도는 것, 약한 놈을 발견하면 그 약한 데를 줄기차게 물고 늘어지는 짓거리 또한 짐승들의 어쩔 수 없는 본능임에라.

사람은 이에서 얼마나 다르랴 생각하며, 그는 조심 수탉 가까이 다가간다. 축 늘어진 몸뚱이가 꼼짝없이 주인의 두 손아귀에 들어온다. 지금껏 어떤 먹을거리도 온전히 섭취하지 못해, 이제는 두 다리로 서 있을 수조차 없을 지경. 자꾸만 두 눈꺼풀이 절로 감겨지는 걸로 봐, 차라리 안락사라도 시켜줘야 하지 않을까 싶다. 오늘 아침까지만 해도 주인은 놈을 살리려 맛난 모이 속에 항생제를 섞여 먹이고 잠자리도 따로 편히 봐주었으나, 이제는 그 모두 수포로 돌아간 듯하다.

저만큼 양지바른 쪽에 수탉을 애잔히 내려놓고 난 그는, 창고 한구석에 숨겨놓은 소주병을 찾아 벌컥벌컥 들이켜고 나서, 곧바로 우리 안에 가뒀던 오리 놈의 목을 움켜잡았다. 뜨뜻한 놈의 감촉이 손에 찌르르 전해졌지만, 기왕 내친 김, 그는 당장 호기롭게 놈의 목을 세 바퀴쯤 비틀었다. 필사적으로 푸드덕거리던 놈의 몸뚱이가 맥없이 축 늘어져버린다. 울컥 치밀어 오르는 욕지기. 몸소 기르는 축생 잡기를 죽기보다 더 싫어하는 그의 착하고 여린 성품이, 다시금 독한 소주를 찾게 하였다. 그는 늘어진 오리를 계곡 옆 너럭바위에 던지듯 올려놓고, 남은 소주병을 벌컥벌컥 비운다. 안주 없이 마신 막소주의 취기는 금방 몸속의 혈관을 타고 전신으로 번져나갔다.

이번에는 오리의 목을 칼로 칠 차례. 놈을 잡을 땐 원래 살아있는 채로 단칼에 목을 치고 피를 뽑아내야 한다는 소리를 익히 들어 알고 있으나, 차마 눈 빤히 뜨고 쳐다보는 생물을 그리 할 수는 없어 일단 목부터 닭 잡듯 비틀어놓고 보았던 것인데, 그런데 그런 시답잖은 인정의 머뭇거림이 화근이었을까, 잠시 한 눈 팔며 왔다갔다하는 사이, 너럭바위에 누워 있어야 할 오리가 그만 온데간데 보이지 않았다.

이게 어찌된 거야?

허둥지둥 닭장 쪽으로 걸음을 옮겼을 때, 오리는 거기, 살아있는 닭들과 함께 태연스레 거닐고 있었다. 그는 악, 절로 입이 벌어졌다. 소름이 쫙 돋았다. 유황도 아무렇지 않게 먹어치우는 독한 체질이라, 오리 놈은 목 두세 번 비트는 것쯤 아무렇지도 않은 모양이었다. 갑자기 놈이 무섭고 두려워졌다. 아울러 까닭모를 수모와 부라퀴 심술도 불처럼 타올랐다.

그는 충동적으로 다시금 오리를 냉큼 덮쳐잡았다. 그리고 놈의 모가지를 세차게 옆으로 비틀었다. 꽤애액, 비명도 제대로 지르지 못한 채 놈은 찻잎 같은 혀를 쑥 내밀면서 이내 스르르 늘어지고 말았지만, 이번엔 결코 속지 않겠다는 듯 그의 손아귀의 힘은 더욱 격하게 조여졌다. 살생의 전율이 온몸을 휘감아들었다. 바로 그때였다.

"실례합니다."

웬 낯선 사내가 그를 불러 세웠다. 위아래를 하얀 방호복으로 감싸고, 얼굴까지 흰 마스크와 안전모로 무장한 불청객이 두 명이나 더 그의 뒤에 서있었는데, 집주인이 오리를 죽이는 데 너무 집중한 나머지 그들이 탄 방역차가 동물농장에 도착한 것도 까맣게 몰랐었다. 의아해 돌아본 그에게 낯선 사내가 유령처럼 말한다.

"손에 쥐신 그 죽은 오리뿐만 아니라, 여기 살아있는 모든 가축들도 한시 바삐 매몰 처분해야 합니다."

"네? 또 조류독감인가요?"

손아귀에 쥐어져 있던 오리를 아무렇게나 내려놓으면서 그가 물었다. 표정을 알 수 없이 보안경 안에 눈을 감춘 사내가 퉁명스레 내뱉는다.

"조류독감 정도가 아니라, 생전 듣도 보도 못한, 전혀 새로운 바이러스가 이 마을에 창궐하고 있습니다. 네 발 달린 집짐승, 두 발 달린 날짐승을 포함해서, 어쩌면 우리 인간들한테도 옮겨 붙을지 모를 무서운 신종 감염병이 번지고 있습니다. 요 아래 정 씨네 기러기농장에서, 오늘 아침 기러기들이 시름시름 몰사했는데, 한 동네서 모르고 계셨나요?"

"일찍 산에 올라가는 바람에 아무것도 몰랐네요. 그럼 이 마을은 어떻게 되죠?"

"비상사탭니다. 완전 폐쇄한다고, 방금 전에 긴급뉴스 나왔어요."

"안 그래도 재작년 구제역 때 마구잡이 떼죽음당해 생매장된 소, 돼지떼로 이 마을 지하수가 다 썩었는데, 그래서 주민들이 하나둘 이상한 괴질에 걸려가고 있는데, 정말 큰일이군요. 강제로 폐쇄하지 않아도 다 망했다구요."

그리고 허허, 넋이 나간 듯 하늘을 향해 헛웃음쳤다. 어떻게 일군 귀농인데, 정말 이래도 되는가 싶어 절로 기가 막힐 지경이었다.

마을은 숨 막히도록 적막했다. 고립무원의 섬이었다. 길은 사방에서 다 막혔고, 외지인의 차량통행이나 발걸음도 뚝 끊겼다. 하얀 방호복으로 완전무장한 당국의 관계자들 외엔 개미새끼조차도 함부로 얼쩡거리지 못했다. 마을을 한 바퀴 조심스럽게 둘러본 그는, 벌써 가축들 매몰작업에 나선 대형 굴삭기 따라 집으로 시름없이 돌아왔다.

동물가족들은 이미 유령 같은 당국 요원들에 의해 저마다의 축사로, 우리로 다 내몰려 들어가 있었다. 이제 왁살스레 생매장당할 일만 남아 있었는데, 그가 아까의 죽은 오리 곁으로 휘청이며 다가갔을 때, 정녕 믿을 수 없는 일이 벌어졌다. 불현듯 비틀비틀 몸을 털며 일어선 놈이, 거짓말처럼 두 날개를 활짝 펴 퍼덕이고 있었던 것이다.

오리는 불사조였다. 놈은 마침내 저 혼자 하늘로 훨훨 날아올랐다. 놀라 바라보던 흰 방호복 사내가 비명처럼 소리 질렀다.

"햐, 죽은 오리가 다시 살아난 것도 이상한데, 하늘까지 날아오르다니!"

# 하이에나

“더, 더, 좀 더 힘을 내야지! 어이구, 저걸 그냥, 죽여 놓지 않고 뭐하는 거야?”

오늘도 백수는 여전히 텔레비전 앞에 앉아 있다. 아니, 좀 더 정확히 표현하자면 부드럽지만 퀴퀴한 냄새가 밴 스펀지요 위에 비스듬히 팔베개하고 자빠져 있다. 평소 즐겨 보는 스포츠 채널의 격투기 시합이었다.

짐승 같은 반벌거숭이 두 사내가 서로 피범벅으로 뒤엉켜 있는데, 패색이 짙은 한쪽 백인선수가 금방에라도 곧 쓰러질 듯 나가떨어질 듯하면서도 영 그렇지 않고 오뚝이처럼 발딱 되살아나곤 해서, 애당초 시건방져 보였던 그 백인선수가 구릿빛 흑인선수한테 보기 좋게 나가떨어지기를 고대하던 백수로선 여간 감질 맛 나는 게 아니었다. 이겨도 한 방 케이오로 이기고 지더라도 조금 더 비장하고 참담하게 고꾸라져야, 아까운 시간 두 눈 빠지게 티브이 들여다보는 시청자가 덜 억울한 법이었다.

울컥 짜증난 그는 채널을 확 돌린다. 저렇게 미적지근한 건 이제 싫다. 실제 살아가는 현실에 있어서도 그는 뭔가 충격적이고 짜릿하게 스릴 넘치는 엄청난 사건이 생겨나기를 바란다.

가령 대륙 어디에선가 무서운 대형 지진이 일어나더라도 최소한 수만 명쯤은 단숨에 땅 속에 와장창 생매장되어야 하며, 연근해 출렁이는 바다에서의 쓰나미는 또 저 일본 후쿠오카나 인도네시아에서 벌어졌을 때처럼, 빌딩 같은 여객선이나 핵발전소가 가벼운 종잇장이듯 한 순간에 함부로 구겨지고 수많은 집과 자동차, 선박과 수많은 사람들이 작은 장난감이나 미물의 개미처럼 이리저리 제멋대로 휩쓸리다가 가뭇없이 검은 악마구리의 소용돌이로 금세 사라져버리는 정도는 돼야, 그의 잠자던 의식은 비로소 화들짝 깨어나며 알 수 없는 쾌감이나 묘한 호기심 속으로 깨춤추듯 말려들어가는 거였다. 자신도 알 수 없는 잠재된 악령이 그렇게 훨훨 춤을 추고 있는지도 몰랐다.

그래서 불면의 새벽 눈뜨기 바쁘게 맨 먼저 리모컨부터 자동으로 찾아 움켜쥐고 밤새 또 무슨 엄청난 사건, 사고는 발생하지 않았나, 세계의 화약고인 중동에선 또 무슨 무차별 폭격이나 자살 폭탄테러, 참수사건은 일어나지 않았으며, 그리스, 포르투갈의 산불 재앙은 어떻게 되었으며, 프랑스와 영국의 차량 테러와 빌딩화재, 미국의 토네이도, 허리케인은 또 어떻게 되었는지, 별의별 오염과 부패로 썩은 내 진동하는 세상이 그새 확 뒤집어지진 않았는지, 눈곱 낀 두 눈에 쌍불을 켜고 볼만장만 티브이를 켜는 게 버릇처럼 굳어졌다.

그게 곧 실업자 신세인 그의 하루 일과의 전부라 해도 과언이 아니었다.

백수는 다시 채널을 다른 데로 돌린다. 평소 즐겨 시청하는 종편 NPC. 방송국 이름을 아예 'news paradise co(뉴스천국 회사)'로 지을 만큼 온종일 다이내믹한 사건사고 내용으로만 볶고 굽고 찌고 튀기고 삶아내는 걸 최상의 목표로 삼는 채널이었다.

역시 그곳에선 항상 그 얼굴이 그 얼굴인 말 잘하는 변호사와 군사전문가, 무슨 초빙교수, 시사평론가, 정신과 의사, 뺀질뺀질한 전 국회의원 등이 나와 앉아서, 어제 혹은 오늘 아침 신문이나 방송에서 이미 충분히 새 뉴스로 내보냈던 걸 가지고, 또다시 서로 북 치고 장구 치며 맘껏 해부, 난도질하는 중이었다. 매 사안마다 철저하게 분석, 해부해 가며 웃고 분노하고 조롱하고 능멸하기 십상이었는데, 백수는 이상하게도 이내 그들의 쓸데없는 수다 속으로 깊이 빨려 들어가 감정이입하게 마련이었다. 금방에라도 온 나라가 거덜날 것처럼 통째로 뒤흔들어 놓았던 어느 못난 대통령의 국정농단 사건으로 해서, 지난 1년 동안 티브이 앞의 하릴없는 인간들은 매일같이 얼마나 신나고 참담하고 불맛 나게 시간을 보냈던가. 평소 심심해 죽을 것 같던 백수한테는 차라리 너무 행복할 지경이었다.

미상불 그 사건은 캐면 캘수록 의혹의 뿌리혹박테리아가 끝도 없이 뽑혀 나오고, 껍질 또한 벗기면 벗길수록 더 새로

웠다. 양파보다도 훨씬 더 맵고 자극적인 먹잇감이었다. 세계 어디를 둘러봐도 그 유례를 찾기 힘든 그 사건이 아직도 다 끝난 게 아닌데, 그럼에도 그게 조금씩 피로도가 쌓이고 맛이 싱거워진다 싶은 찰나, 이번에는 당장 우리 한반도에 핵전쟁이라도 발발할 것 같은 트럼프와 김정은의 말폭탄이 휘발유처럼 마구잡이 쏟아지는 바람에, 이즈음엔 종편들의 카메라 앵글이 또 일제히 그쪽으로 옮겨져 온통 난리법석인 것이다.

그렇게 이 채널 저 방송 열심히 드나들다 보면 어느새 초저녁, 그의 즐거운 '종편놀이'는 딱 이때까지가 한계이다. 자그마한 동네 미장원을 운영하느라 새벽같이 집을 나갔던 아내가 파김치가 돼 귀가하기 때문이었다. 하지만 오늘은 청와대의 비아그라 비밀을 뒤늦게 까뒤집는 게 너무 재밌는 바람에, 잠깐 리모컨 끄는 때를 놓쳐 그만 아내한테 들키고 말았다. 파김치 아내는 거실로 들어서자마자 경멸어린 어조로 이렇게 눙친다.

"에이그, 또 그놈의 뉴스쇼! 저걸 들여다보면 밥이 나오나 떡이 나오나, 원. 맨날 쓸데없이 뭐든 확대재생산하고, 남들 뒷담화나 일삼는 저 못된 하이에나들을, 그래 당신도 그대로 닮고 싶어서 그래요? 전쟁 안 나니까 걱정 말아요, 쯧쯧."

"그래도 세상이 어떻게 돌아가는지는 알고 지내야 할 거 아녀!"

머쓱해진 백수가 아내의 단골 채널(거의 웃음판)로 얼른 바꿔주고 나서, 손 안의 리모컨을 다탁 위에 조심 내려놓았다. 지금부터는 오롯이 아내한테 채널 선택권이 주어지기 때문이었는데, 그네가 또 신경질 섞인 참견이다.

"당신이 고정이다시피 즐겨 보는 저 엔피씬가 뭔가, 시체 뜯어 먹고 사는 하이에나처럼 허구헌 날 어둡고 잔인하고 칙칙한 뉴스만 계속 내보내니까, 도토리 키재기 같은 종편들 중에서도 시청률이 제일 꼴찌잖아. 내 앞에선 절대 저 채널 좀 보지 말아요."

"그, 그런가? 그러고 보니, 그런 것도 같네?"

혼잣말처럼 웅얼거리면서 백수는 바람 좀 쐬고 오겠다는 핑계로 서둘러 집을 나섰다. 자칫했다간 피곤에 지친 아내한테 밥상을 차려줘야 할지도 모르며, 대야에 뜨뜻한 물 담아 발마사지를 해줘야 할지도 몰라서였다. 다른 때 같으면 충분히 그렇게 할 수도 있겠으나, 집 안으로 들어서기 바쁘게 아내의 입에서 속사포처럼 터져 나온 '밥이 나오나 떡이 나오나' 하는 비아냥은 암만해도 자존심이 충분히 상하고도 남았다. 게다가 자신의 가장 가까운 친구인 NPC를 절대 봐서는 안 된다니!

동네 쌈지공원 한 귀퉁이의 쓸쓸한 나무걸상에 앉아, 명멸하는 도시의 야경을 무연히 바라보고 있던 백수의 뇌리 속으로, 한 순간 번개 같은 상념이 지나갔다.

맞아, 마누라의 하이에나 지적은 백번 옳은 거야!

이튿날부터 그는 다음과 같은 진정서를 NPC 사장을 비롯한 방송사 임원들한테 일제히, 계속 발송해 나갔다.

―저는 뉴스 중독자입니다. 그것도 거의 귀사의 방송에만 푹 빠져 사는데, 그 뉴스 속 세상은 온통 지옥이고 종말 현상들뿐입니다. 그래서 술을 먹지 않으면 도저히 잠을 잘 수 없는 알콜중독자이기도 한데, 어찌어찌 어렵사리 잠에 들어도 제 꿈속은 온통 사건사고의 천국이 펼쳐질 따름이지요. 이 끝없는 악의 구렁텅이에서 제발 저를 좀 구원해 주십시오. 매일같이 잔혹하고 슬프고 고통스럽고 어둡기만 한 티브이 화면을, 누구나 환하게 웃고 아름답게 느낄 수 있는 밝은 세상으로 만들어 주십시오.

그러자 거짓말 같은 일이 벌어졌다.

어느 날 아침부터 뜬금없이 NPC가 확 바뀐 것인데, 백수의 간절한 진정서 소원대로 방송 화면은 오로지 착하고 즐겁고 아름다운 뉴스들로만 한가득 채워지고 있었다.

처음엔 어떻게 저것들도 재미있고 참다운 뉴스일 수가 있느냐고 콧방귀 뀌던 사람들도, 시간이 조금씩 지나면서 하나같이 NPC로 채널을 고정시켜 나가더니, 마침내는 뉴스로 먹고사는 여러 종편 중에서도 가장 인기 많은 방송사가 되었다. 오로지 착하고 즐겁고 아름다운 세상 속이었다.

# 햇살발전소

아들이 돌아왔다. 노량진 고시촌을 전전하면서 자그마치 8년 동안이나 마냥 공무원 시험에만 목매달던 노총각 아들이, 마침내 그 허랑한 꿈을 냉큼 접고 대대로 농사꾼인 아버지 곁으로 은근슬쩍 엉너리치며 돌아왔다.

"암만해도 제 적성엔 안 맞는 것 같구먼요. 아버지도 이제 연세 많아 계속 농사짓기 힘드시잖아요. 제가 옆에서 도와 드릴게요."

"허허, 별일이다."

농사의 '농' 자도 모르는 낯짝 희멀건 녀석이 농사는 무슨 농사, 하며 헛웃음 칠 수밖에 없는 노릇이었지만, 그래도 아버지는 아버지, 저 거친 황야에서 그만 중도 실패하고 낙향한 삼대독자 외아들을 어찌 저 야박한 도시의 정글 속으로 도로 내칠 수 있을 것인가. 속으로는 부글부글 부아가 끓고 이웃들한테도 얼굴 깎여 자존심이 팍 상했으나, 아버지는 더 이상 그걸 내색하지 않기로 했다. 아들 역시 그에 넉넉히 화답이라도 하듯, 당장 그 며칠 후부터 일손 귀한 요즘 농촌의 새 일꾼으로서의 능력을 한껏 발휘할 모양새였다. 아침 밥숟갈 내려놓기 바쁘게 군청 민원실이다, 농, 축협 금융창구며, 무슨 기술센터다 해가면서 관공서 쪽으로 열심히 들락거리는 품새여서, 궁금한 아버지가 물었다.

"네놈이 필경 흙 파먹고 살 리는 만무하고, 혹시 살충제나 팍팍 뿌려대는 그 뭐냐, 아파트형 양계장 같은 것에 손대고 싶은 건 아니냐?"

"그야, 돈 되는 거라면 뭐든 가리지 말아야죠. 하지만 전 원래 공돌이였잖아요. 그 공돌이가 싫어 엉뚱한 공무원 시험에 매달렸지만, 지금부턴 썩힌 그 전공을 적극적으로 되살려

보려구요."

기왕에 따놓았던 열관리기능사 자격증 말고도, 정부에서 국비로 무상 지원하는 태양집열판 설치기능사 공부를 새로 시작하겠다는 것이었다. 그 공부는 불과 3주 만에 끝나는 속성 과정이라 했다. 아버지는 또 뜨악한 표정으로 반문하였다.

"뭐든지 당찬 포부는 가상하다만, 그 태양집열판인가하고 우리 농사짓는 거하고는 대체 뭔 상관이란 말이냐?"

"전기농사를 한번 지어 보겠다구요. 햇살발전소."

"뭐, 농사를 전기로? 그러니까, 요즘 한창 유행한다는 그 뭐냐, 대량으로 쌈채소를 생산하는 식물공장 같은 것?"

"아뇨. 태양열! 어려운 논농사보다도 훨씬 높은 소득을 보장하는 전기사업에 한번 뛰어들어 보겠다는 거지요."

아들은 득의만면해서 소리쳤다. 그의 친절한 보충설명에 따르면, 농가소득 창출이 갈수록 어려워지는 오늘의 현실에 걸맞게, 저 드넓은 농지들을 신재생에너지 산업단지로 조성한다는 계획이었다. 요컨대 대대로 농사 지어온 이 동네 문전옥답부터 햇살발전소로 확 바꿔놓겠다는 거였다. 아들이 다시 계속한다.

"이제 미세먼지다, 일산화탄소다 해가면서 공해물질 주범으로 말썽 많은 저 석탄 화력발전소나 원자력발전은, 더 이상 설 자리가 없어졌어요. 보세요, 이 정부가 들어서자마자 천문학적인 세금 들여 한창 짓고 있던 핵발전소도 싹 스톱시켜버리잖아요. 제가 말씀드리는 신재생에너지 쪽으로 정책을 바꾼다면서. 그래서 앞으론 그쪽으로다 엄청난 정부지원이 퍼부어질 거라구요."

"그러니까 그게, 그러거나 말거나, 우리 농사짓는 거하고 대체 무슨 상관이냐구?"

"농사의 패러다임을 완전히 바꿔놓을 만큼 중요한 문제에요, 아버지!"

아들은 자신의 말귀를 전혀 알아듣지 못하는 아버지가 참 한심하고 답답하다는 표정으로 미간을 잔뜩 찌푸렸다.

몇 달이 지난 후, 아들은 스스로 장담했던 대로 태양광발전 설치 전문기술자가 되었다. 그 태양광 전기회사에 당당히 취직, 아침이면 보란 듯 새로 구입한 예쁜 흰색 경차를 몰고 출근하는 아들이 아버지는 너무나도 자랑스러웠다. 그러나 가슴 한켠에선 뭔가 서늘한 상실감이 출렁이는 것도 어쩔 수 없었다. 그럴 때마다 아버지는 다짐하듯 아들한테 말했다.

"네가 별따기 같은 일자리 얻어 한량없이 기쁘긴 하다만, 어떤 일이 있어도 우리 논들은 안 된다. 조상 대대로 농사 지어온 문전옥답이다. 그리고 더욱 중요한 건, 우리가 쌀농사 포기하면 결국에는 그걸 수입해 오는 나라의 속국으로, 식량 안보의 식민지로 전락하고 만다는 사실이야. 농사 버리면 그 나라는 바로 망한다."

그럼에도 해마다 가을이면 늘 황금들녘으로 물결치던 마을 앞 광활한 논들은, 맨 바깥쪽부터 야금야금 허옇게 번뜩이는 태양광 햇살발전소로 잠식해 들어차기 시작했다. 아들이 다니는 그 회사의 농가소득 향상에 대한 끈질긴 설득과, 농가들마다 다 늙어버린 농부들의 지친 노동력 고갈에 따라, 조상 대대로 이어온 이 마을의 대부분의 논들은 하나같이 반짝이는 햇살발전소로 변해, 마침내는 광활한 그 들녘이 오로지 태양만 바라보는 이상한 빛의 평야지대로 탈바꿈하고 말았다. 물론 마지막까지 버티느라 시난고난하던 아버지의 논들도 여지없이 그에 휩쓸려 들어가기는 매한가지였다.

본격 장마철이 시작되었다.

석 달 열흘이나 주야장천 비가 벌창으로 오면서 태양광집열판엔 좀체 햇볕이 들지 않았다. 생전 처음 보는 기상이변이라 했는데, 때맞춰 일본 후지산이 화산폭발하고 중국 쓰촨성에선 초대형 지진까지 일어나, 여기저기에서 엄청나게 날아드는 검은 재로 하여 세상은 온통 절망의 암흑천지였다. 그 주검 같은 잿더미가 마을의 광활한 햇살발전소까지 모조리 뒤덮은 것도 물론이었다.

그 천지개벽이 멈추고 다시 조금씩 새로운 햇볕이 내렸을 때, 한 길이나 잿더미가 쌓인 태양광집열판 위에선 지금껏 지상에 존재하지 않았던 이상한 싹들이 일제히 샛노랗게 움터올랐다.

사람들은 그걸 한층 더 진화된 새 품종의 벼 '햇쌀'이라 불렀다.

# 헛소리

손주는 울컥 짜증이 났다.

"아니, 할머니! 왜 티비는 안 보시고 맨 아래 개미 같은 글자만 그리 뚫어지게 훑으세요? 그냥 흘러가 버리는 사소한 뉴스잖아요!"

"흘러가 버리니까 놓치지 않으려 기를 쓰는 겨. 세상 모든 기, 그냥 흘러가는 겨."

할머니는 옆도 돌아보지 않고 여전히 뚫어질 듯 그 작은 글자들을 쏘아본다. 쏘아 볼뿐만 아니라 아예 힙합 노래하듯 중얼중얼 혼자 읊어대기에 바쁘다.

—연말 겨울, 비, 전국에 걸쳐, 역대, 최대로 쏟아져. 밤부터는, 눈으로, 바뀐다고…… 어휴, 숨차!

"할머니도 참, 다시는 치매 걸리셨다고 안 놀릴 테니, 저 청문회나 그냥 구경하세요. 나무 곁가지만 보지 말고 거대한 숲을 보시라구요."

"맨날 거짓말, 헛소리만 지껄여대는 저것들 봐서 뭣 혀? 저 못난 놈들 말고, 흐르는 저 글자들을 보믄, 눈운동, 뇌운동이 돼서, 니가 걱정하는 치매에서 벗어날 수 있는 겨."

그리고 당신은 다시 흐르는 작은 글자들 쪽으로 눈을 고정시킨다. 그 글자들을 하나도 놓치지 않고 재빨리 읽어내는 것만이, 당신의 두서없는 섬망의 치매 증세에서 조금이라도 빨리 벗어날 수 있다는 듯이.

—고추, 매운 맛, 캡사이신, 유방암에 효과, 세포성장 억제.

—에이 아이, 살처분, 벌써 이천, 마리 넘어서. 보상액도 천정부지.

—서울대공원, 황새, 원앙 등 팔십사 마리, 살처분.

—강원 영동산간, 대설, 예비특보, 삼십 센티미터나……

"아니, 도깨비가 장갈 가나, 왜 비가 쏟아지다가, 눈이 또 온다는 겨? 독감 걸린 오리, 닭들이 무더기로 땅에 묻히고, 사람들도 무더기로 독감 걸려 콜록거리고. 이 테레비에선 또 서로 큰소리, 삿대질하는 짐승들만 쓸데없이 난리법석 피우고. 참말로 어지러운 말세가 오려나 보다."

어느새 눈이 침침해졌는지, 혼잣말로 뇌까리던 할머니는 잠시 시선을 돌려 손주를 돌아다본다. 하지만 이따가 밤이 되기 바쁘게 출근해 내일 아침까지 심야편의점에서 알바로 밤샘할 손주는, 그래도 아랑곳없이 한 시도 청문회 중계방송에서 눈을 떼지 않고 있었다. 때로는 앙앙불락 욕설을 내뱉으며 울화를 터뜨리고, 또 때로는 자탄어린 한숨으로 망연자실 실없이 웃어가면서.

—어물전 망신은 꼴뚜기가 시킨다더니, 어찌 저런 왜놈 같은 인간이 국회의원이라고 나와 묻고 있지?

"뭣이라? 꼴뚜기라고?"

할머니가 괜스레 혀를 차며 참견이다. 흐르는 깨알 자막은 이제 지레 지친 모양이었다. 손주가 시큰둥 대답한다.

"어디 꼴뚜기만인가요. 시종일관 모른다고만 잡아떼는 미꾸라지에, 도저히 기억나지 않는다고 한사코 잡아떼기만 하는 생쥐, 청개구리, 구렁이, 기름장어, 늙은 너구리, 까마귀 같은 놈들뿐이라구요."

"그럼 나보다도 더 심한 치매 환자들이네?"

"그러게 말예요. 악어와 악어새처럼 서로 공생하는 놈들, '헬(지옥) 조선'이란 말이 틀림없네. 어서 이 나라를 뜨든지 해야지 원."

손주는 또 비상구 없는 신세타령하기에 바쁘고,

"나 혼자 놔두고 어딜 간다구?"

할머니는 주름진 두 눈을 세모꼴로 접으며 지레 걱정이다. 화면에 시선을 고정시킨 손주가 퉁명스레 대답한다.

"이 나라 지도자들은 믿을 놈이 하나도 없다구요. 맨날 거짓말만 씨부렁거리고……"

"그럼 거짓말 탐지긴가 뭔가, 그걸 턱주가리에 채워놓으면 되잖어?"

"햐, 할머니도 이제야 제정신으로 돌아오세요? 이제야 저 헛소리 청문회가 제대로 눈에 들어오시냐구요?"

화면은 여태껏 계속 '나는 모른다'고만 되풀이 위증하는 뻰뻰스런 악어의 모습을 확대해 비춰주고 있었다. 악어가 또 대답한다.

—저는 모릅니다. 기억에 없는 일입니다.

—그럼 증인은 벌써 치매에 걸린 건가요? 이 나라를 통째로 말아먹은, 증인의 상관인 하마 씨와는 언제 알게 됐습니까?

—그 사람 역시 알지 못합니다. 이즈음에 이르러서야 언론에 자주 오르내려서, 그 이름만 겨우 알고 있을 뿐입니다.

—그럼 그 하마 뒤에 숨은 이 나라 왕실의 주인 미르하고는 누구 소개로 언제 어디서 처음 만나게 됐습니까?

"미르라니, 미르가 뭐냐?"

하고 할머니가 문득 가로채어 묻고,

"용왕님이에요. 물에 빠진 사람들이 죽어갈 때, 그냥 가만히 혼자 밥 먹으면서 구경만 하는……"

손주는 비로소 자리를 털고 일어나 출근준비에 나서면서 건성 대답한다. 어렵게 허리를 펴고 따라 일어선 할머니가 다시 입을 열었다.

"무슨 놈의 나라가 맨날 요상한 짐승들뿐이다냐? 꼴뚜기, 미꾸라지에 청개구리, 구렁이, 기름장어, 너구리, 까마귀에 악어까지. 그도 모자라서 용까지 다 나오고, 별 희한한 세상 다 보겠구나."

"그래요, 할머니. 내일 아침 들어올 땐 미꾸라지나 한 바가지 사올게요. 우리 오랜만에 추어탕으로 몸보신합시다. 그러니까 여기서, 한 발짝도 밖으로 나가시면 안 돼요. 집 나가시면 바로 길을 잃으시니까!"

아주 어렸을 적부터 할머니 손에 커온 손주는, 오늘도 여전히 그 할머니를 잃을까 봐 문 밖에서 잠을쇠를 걸어 잠근 채, 무거운 발걸음으로 지하셋방을 나섰다.

# 무진霧津, 하루살이

"방, 있죠?"

막차를 타고 온 여자 손님이 묻는다. 아까부터 어둠 속 버스에서 내린 가벼운 배낭차림의 여자를, 마당가의 외등 아래에서 가만히 지켜보고 섰던 펜션 주인사내가 반겨 맞는다. 어딘지 낯이 익다, 싶으면서.

"그럼요. 평일인데요."

"작년 이맘땐 밤에도 안개가 깔렸는데, 오늘은 그렇지 않네요?"

"장마철 가뭄이 이만저만 아닙니다. 논에 심은 모가 다 타버렸으니까요. 온 땅이 거북등처럼 쩍쩍 금이 가고."

"그럼 내일 아침 안개구경은 틀렸군요? 암튼 작년에 썼던 방, 저 안개방으로 주세요."

"아. 네."

하고 사내는 문득 생각난 듯 다시 여자의 얼굴을 빠르게 훑으면서 별채의 2층, 바다가 멀리 내다보이는 안개방으로 안내한다. 그리고 작년엔 분명 미남형의 훤칠한 남편과 귀여운 딸아이가 딸린 단란한 가족여행이었는데, 하고 한 번 더 어렴풋이 상기한다. 층계를 오른 여자가 문 앞에서 짧게 소리를 내지른다.

"어머, 이 모기떼 좀 봐!"

"날이 너무 가물어서, 며칠 전부터 이러네요. 하지만 모기는 아니니까 걱정 마세요."

"모기가 아니면, 그럼 뭐예요?"

"물 줄 모르는 하루살이, 여기선 깔다구라고 부르죠. 혼자, 오셨어요?"

혼잣손님은 잘 안 받는데, 덧붙여 중얼거리고도 싶지만, 출입문에 새까맣게 달라붙은 하루살이 떼가 먼저 눈에 거슬려, 사내는 그 문을 잽싸게 여닫아 여자를 방으로 인도한다. 그리고 얼른 미리 준비돼 있던 모기향에 라이터 불을 붙여 놓는다. 왜 혼자 왔느냐는 사내의 질문을 슬쩍 묵살한 여자가 말한다.

"물지 않는 모기떼랑 한 사흘쯤 묵을게요. 괜찮죠?"

"그럼은요. 얼마든지 맘 편히 지내세요. 방값은 삼십 프로 깎아 드리죠. 평일이니까."

"고마워요. 그나저나 안개를 볼 수 없다니 어떡하나?"

"그러게 말입니다. 혹시 모르죠, 운이 좋으면……"

평소의 무진은 말 그대로 안개 천지다. 안개의 구름, 안개의 바다. 끝없이 펼쳐진 갈대밭 위로 파도처럼 밀려드는 그 안개를 온몸으로 끌어안기 위해, 사람들은 봄과 여름, 가을, 겨울을 가리지 않고, 사시사철 참 열심히들 무진을 찾는다. 그런데 이즈음엔 그 무진장의 안개 대신 덧없는 깔다구, 하루살이 떼.

밤이 깊었는데, 왜 아직 안 오지?

사내는 조금씩 겁이 난다. 아까 해질 무렵, 무진만으로 떨어지는 황홀한 일몰日沒을 구경하기 위해 뒤늦게 집을 나선 여자가, 자정을 훨씬 넘긴 야심한 시각인데도 여태껏 감감 무소식이다. 처음엔 어디 식당에 들러 혼자 저녁식사라도 즐기고 있거니 어림짐작하다가, 시간이 점점 늦어지자 이번에는 혼자 술을 마시나? 혼자 노래방에라도 가서 목청껏 노랠 부르나? 이런저런 상상으로 그냥 뭉갰으나, 새벽으로 달려가는 지금에 이르러선 아무래도 부쩍 수상쩍다.

자살하러 온 게 틀림없어! 그래, 혼잣손님은 안 받는 건데!! 하고 사내는 또 짧게 후회한다.

여자는 여전히 집 나간 지 하루가 꼬박 지났는데도 아직 얼굴을 뵈지 않는다. 무슨 일인가가, 아주 불길한 예감이 좀 더 확실한 무게와 현실감으로 다가오는 것 같다. 사내는 급히 여자가 들었던 방으로 가, 그네의 가벼운 짐들을 살펴본다. 기초 화장품 몇 가지와 노트, 책 두어 권, 수건과 세면도구, 속내의 몇 벌, 그리고 책만한 크기의 태블릿 한 대가 전부다. 사내는 애써 요모조모 머리 굴려 태블릿을 연다. 어젯밤 여자가 검색해 본 시 한 편이 맨 먼저 떠오른다. 조오현 시인이 쓴 '아득한 성자'라는 작품이다.

> 하루라는 오늘/오늘이라는 이 하루에/뜨는 해도 다 보고/지는 해도 다 보았다고/더 이상 볼 것 없다고/알 까고 죽는 하루살이 떼/죽을 때가 지났는데도/나는 살아있지만/그 어느 날 그 하루도/산 것 같지 않고 보면/천년을 산다고 해도/성자는/아득한 하루살이 떼

사내는 서둘러 여자의 실종 사실을 경찰에 알린다.

경찰이 바삐 달려오고, 사내도 그 경찰의 뒤를 따라 갈대밭 우거진 무진만 일대를 샅샅이 뒤지고 다닌다. 배를 타고 나가 멀고 가까운 바다를 몇 바퀴씩 둘러보기도 하고, 갈대밭 사이로 나있는 수로와 개펄을 이 잡듯 살피기도 한다. 수많은 칠게와 짱뚱어들이 펄떡거리던 개펄도 바짝 말라, 쩍쩍 금이 가 있다.

경찰이 물러 간 다음, 사내는 여자가 집을 나갔던 일몰시각에 맞춰, 노을빛이 장관인 안산 전망대로 오른다. 한눈에 훤히 내려다뵈는 갈대밭이 부시도록 아름답다. 눈물겹도록 아름답다. 안개를 그토록 보고 싶어하던 여자가 곁에 없는데, 솜뭉치 같은 저녁안개는 부질없이 서산마루에 몽실몽실 피어오르고, 일몰의 역광을 받은 바닷물은 황금빛 윤슬로 깨진 사금파리인 듯 무수히 반짝인다. 사내는 여자가 몹시 궁금하다.

해가 지고 마지막 노을이 잿빛 어스름으로 점점 녹아 들어갈 때 산에서 내려온 사내는, 길고도 낯익은 갈대밭 사잇길을 걷는다. 길고 긴 부교처럼 지표면에서 한 길쯤 띄워 설치해 놓은 데크 사잇길엔, 어둠에 쫓기는 발자국 소리들이 앞에서 뒤에서 다투어 들린다. 어머, 어머, 이 하루살이 떼 좀 봐! 하는 비명 같은 아우성 소리도.

그리고 어스름 속 희끄무레한 사람들은 온힘을 다해 사잇길을 도망쳐 나간다. 사내한테도 그 하루살이들이 회오리처럼 덤벼들지만, 그는 걸음만 조금 빨리할 뿐 별로 대수롭잖은 손짓으로 휘휘 내젓는다. 그러나 갈대밭 한가운데를 벗어 나올수록 하루살이 떼는 순식간에 급격히 불어난다.

어둠이 내린 밤하늘 가득 알 수 없는 검은 기운이 감돈다. 갯바람에 서걱이는 파도 같은 갈대소리에 섞여, 갑자기 거대한 안개울음이 들린다.

저게 뭐지? 이게 무슨 소리지? 도대체 이 무슨 역겨운 냄새지?

사내는 컥, 숨이 막힌다. 잉잉거리는 이명과 함께 눈앞이 불현듯 캄캄해지면서, 산지사방에서 하루살이 떼가 무섭게 덤벼든다. 놈들은 회오리 같은 검은 기둥을 이루어, 그의 전신을 밧줄처럼 친친 휘감으면서, 입으로 코로 눈과 귀로 사정없이 파고든다. 사내 몸의 모든 구멍들이 하루살이 떼로 가득 채워진다.

몽혼주사를 맞은 듯 휘청 정신줄을 놓은 사내는, 불길에 휩싸인 듯 몸부림치며 자신도 모르게 갈대밭 한가운데로 뛰어내린다. 거기에서 조금 더 깊이 허둥지둥 달려 들어간 사내는, 한 순간 그림자처럼 푹 꺾여 쓰러진다. 하루살이 떼가 이미 다 빨아 먹은 여자의 희멀건 시신 위로!

## 금이빨

헛, 남편의 금이빨을 똥차가 실어간다. 낚시질에서 돌아오던 남편이 그 똥차 뒤꽁무니를 우두망찰 바라보면서 탄식하듯 중얼거린다.

"나, 참. 왜 하필 오늘 정화조를 치워 간 거지?"

"안 그럼 정화조까지 다 뒤질 생각이었어요?"

아내는 참 한심하다며 남편을 흘겨본다. 그 스치는 눈길에 경멸의 빛이 살짝 지나간다. 사람이 얼마나 허술히 모자라면 자신의 입 안에 든 이빨 없어진 것도 몰랐느냐는 핀잔이다. 십여 년 전 비싼 돈 들여 충치먹은 어금니를 금이빨로 해박아 넣은 게, 그만 낮잠 한숨 자고 나니 없어졌다는 것. 어제 이 한적한 바닷가 민박집에 도착한 이후, 정말 뜬금없이 생긴 일이다.

먼 길 운전해 지친 남편이 단꿈 꾸던 중, 잔뜩 고인 침과 함께 절로 빠져있던 그걸 꿀꺽 삼켜버린 모양인데, 그 금이빨을 도로 찾아내기 위한 지난밤과 오늘 아침까지의 당사자의 헛된 사품은 거의 시트콤 수준이었다.

내 이빨, 내 금이빨이 어디로 갔지?

민망한 남편은 서툰 개그맨처럼 허둥대면서, 일부러 수세식 변기를 피해 집 뒤란으로 볼일 보러 갔으나, 급히 엉덩이를 까 내리며 주저앉자 바로 정면 전신주에 감시카메라가 붙어 있어 얼른 되짚어 바지춤을 추스르며, 한적한 바닷가 민박집에 이 무슨 해괴한 감시카메라냐고 앙앙불락하면서 더 깊은 풀밭에 신주단지 모시듯 신문지 깔고 똥 쌌지만, 그 귀한 똥 덩어리를 아무리 막대기로 헤집어 뒤져도 결코 금이빨은 나오지 않았다. 오늘 아침에도 역시 똑같은 남편의 짓거리에 이골이 난 아내가,

"아니, 잊을 건 빨리 잊어버려야지 다 큰 어른이 그게 뭐예요? 숨겨놓은 당신 비자금으로 후딱 다시 해 박으면 될 걸 가지구."

퉁방울을 가시 세게 주었는데도, 조금 전 정화조 청소차를 보자마자 남편은 또 부질없이 그 타령이다. 낚시터에서 부지런히 낚아온 생선을 손질하고자 수돗가에 이른 그가 말한다.

"저 금이빨이 오십만 원짜리였단 말야!"

"당신, 어제부터 자꾸 이빨, 내 금이빨, 해쌓는데, '빨'은 짐승한테만 붙이는 거 모르시우? 사람은 그냥 금니라고 한다구. 어금니, 송곳니, 사랑니, 하듯이. 당신은 스스로 짐승이 되고 싶은가 보네?"

"허, 또 그놈의 교육인가?"

"안 그러면 그냥 '이'라고 하든가."

"내 참, 누가 삼류 여류시인 아니랄까 봐, 또 잘난 국어공부로군. 시끄러. 이 갈치 손질해야 한단 말야. 가까운 방파제에서 이런 팔뚝만한 갈치가 다 잡히다니!"

"이 '이'에도 여러 가지 의미가 있어요. 젤 먼저는 사람 피 빨아 먹는 기분 나쁜 벌레의 이가 있고, 그 다음엔 숫자나 차례를 가리키는 이二, 그리고 거리나 행정단위의 마을을 가리키는 이里, 성씨의 이李, 당신이 가장 좋아하는 편리와 이익의 이利, 이이나 그이같이 사람 가리킬 때의 이, 사람 사는 데 가장 중요한 사리, 도리, 할 때의 이理……"

"시끄럽다구! 여편네가 집구석에서 하라는 살림은 안하고 맨날 도서관이다, 문화원이다 쫓아다님서 문학 수업해 시인 타이틀 어거지로 따내더니, 이젠 아예 남편 선생 노릇까지 하려드는구먼. 잔말 말고 어서 코펠하고 고추장이나 꺼내 와!"

"여기까지 와서 날 부려먹으면 안 되지. 삼십여 년 만에 생전 처음 낚시질 따라 나선 마누라한테, 그게 무슨 대접이람?"

"참, 그런가? 미안, 미안."

"난 삼십여 년 동안 말없이 당신 밥해 주며 별의별 수발 다 들어주고, 일남이녀 번듯하게 키워 시집장가 다 보냈는데, 모처럼 둘이서 오붓하게 나들이한 오늘 하루쯤, 순전히 여편네 위해 봉사 좀 하면 안 돼요?"

"알았어, 알았어요. 자, 갈치 손질 끝났으니 저 운치 좋은 초가정자로 가서 얼큰히 조림해 먹자구."

"갈치가 꼭 칼 같앴어."

아내는 혼잣말처럼 중얼거리며 부산스레 움직이는 남편의 뒷모습을 무감동하게 바라본다.

그래서 전엔 칼치라고도 불렀지. 예리한 일본도 같은, 달착지근하고도 부드럽고 고소한 비늘 안 보이는 묘한 생선.

칼질을 끝낸 남편은 어느새 바닷가 벼랑 위 초가정자로 자리를 옮긴다. 나름대로 열심히 요리하는 남편 곁으로 가까이 다가선 아내가, 다시 결심한 듯 입을 연다.

"사실은, 당신한테 할말이 있어서, 요번 바닷길에 따라 나선 거예요."

"……할말? 새삼스럽게, 그게 뭔데?"

"잘 살아요, 라는 말. 어떤 시인은 세상에서 가장 슬픈 인사라더군요."

"그럼, 뭐, 느닷없이 별거라도 하자는 거야, 뭐야? 아님 요즘 유행한다는 그 뭐, 졸, 혼, 같, 은, 거?"

"아니, 이혼!"

단호한 결기로 선언한 여자가 계속한다.

"이젠 나를 되찾고 싶어요. 지난 삼십여 년 동안, 난 내가 아니었어. 돈 잘 버는 당신의 아내로, 자상한 애들 엄마로만 살았는데, 돌아보니 그게 아니더라구. 게다가 당신이 거의 매주 바다낚시 가는 게, 여기 태안반도 어디쯤에 숨겨놓은 여자 때문이라는 사실을 알고부턴 더 이상 버틸 재간이 없었어. 하지만 이젠 괜찮아요. 그 여자, 충분히 웃으면서 만날 수도 있으니까. 부디 잘 살라고 웃으며 인사해 줄 수도 있으니까."

"당신이 뭔가, 단단히 오해하고, 있는 것 같은데, 자, 일단 이 갈치조림부터, 먹고 나서, 다시 얘기합시다, 응? 자, 자."

쓴 소주 한 컵을 단숨에 들이켜고 난 남편이, 벌겋게 익은 통통한 갈치 한 토막을 덥석 입에 넣고 오물거린다. 그러다가 문득,

"어? 이게 뭐지?"

하고 입 안에서 뭔가를 주춤 꺼내는데, 자세히 살펴보니 갈치 뱃속에서 나온 금이빨이다.

## 좀비 가족

퍽, 갑자기 불이 나간다. 두어 차례 요란한 천둥번개가 천지를 뒤흔들고 지나가더니, 퍽, 하고 전기가 끊어지고 만다. 열심히 텔레비전을 시청하던 식구들이 일제히 불만을 터뜨린다.

"에이, 씨. 한창 재밌는 장면에서, 불은 왜 나가?"

"양초가 어딨더라?"

오늘 밤 온 가족을 불러들인 별장주인 강 회장이 애써 침착한 어조로 현관 신발장 문을 열고, 그의 큰아들이 그쪽으로 랜턴 불빛을 잽싸게 비춰 준다. 그보다 한발 더 빠르게 거실 소파에 앉아 있던 손주녀석들이 저마다 스마트폰을 열고 콩알만한 손전등을 켜 빙빙 돌린다. 캄캄했던 실내가 불꽃놀이 하듯 화사하게 밝아진다. 요즘 젊은이들은 손에도 항상 휴대용 불빛이 쥐어져 있다는 걸 본능처럼 알고 있다. 그 사이 작은아들은 한전에 전화를 걸어 '전기가 나갔다'고 다급한 목소리로 신고하고, 사위는 장인영감이 가져온 양초들에 라이터로 불붙여 여기저기 세우고, 사내들의 술타령에 이골이 난 중년의 딸과 두 며느리는 이제 그만 술상을 마칠 요량으로 식탁 위 빈 그릇들을 하나둘 치운다.

"그대로 나둬라."

애주가인 강 회장이 말한다. 아까 해질 무렵, 사위가 피운 장작 숯불 바비큐로 술과 식사를 한껏 즐기다가 세찬 빗줄기에 쫓겨 안으로 들어온 이후, 여태껏 이 집안 사내들은 이야지야 떠들어대며 실컷 술판을 벌여놓고도 아직 갈 길이 먼 모양이다. 일렁이는 촛불에 비친 그들의 얼굴이 꼭 유령 같다.

먹장구름이 뒤덮인 하늘에 구멍이라도 뚫린 듯 세찬 빗줄기는 좀체 멎지 않는다. 한전에서도 아예 엄두가 안 나는지

가타부타 연락이 없고, 텔레비전을 보지 못하는 식구들의 안달은 점점 극에 달한다. 이젠 수세식 변기를 맘대로 쓸 수가 없고, 냉장고 안의 비싼 산해진미도 조금씩 흐물흐물 녹아간다. 수도꼭지에서 쏴아 쏟아지던 시원한 지하수 물줄기도 뚝 그쳤으며, 2층에 마련된 근사한 노래방 기기나 라디오, 전축마저도 켤 수가 없다. 이제나저제나 환한 전깃불 들어오기만을 애타게 기다리며 거실을 서성이던 큰며느리가, 자기 남편더러 잠오는 약 좀 달라고 말한다.

"전 부족한 잠이나 자둘래. 당신 먹는 수면젠 약하니까, 아예 신경안정제로 줘요."

"차라리 항우울제가 낫지 않을까?"

약 먹고 잠드는 게 몸에 밴 습관인 듯, 부부는 익숙한 손놀림으로 서로 뭔지 모를 알약을 주고받는다. 어디 그뿐이랴. 티브이를 볼 수 없어 안절부절 못하던 이 부부의 예쁜 딸내미도 덥석 지 아버지한테 손을 내민다. 텔레비전을 볼 수 없는 다른 아이들은 저마다 스마트폰에 코를 처박고 있는데.

"저도 한 알 줘요."

"아주버니, 저도 한 알 주세요."

하고 큰아들의 제수까지 또 손을 내밀자, 그녀의 시아버지 강 회장이 2층 당신 방으로 올라가며 참견이다.

"불면증으로 고생하는 대통령님이 수면제에 중독되고 나선, 온 나라 국민들도 덩달아 유행처럼 그걸 찾는구나. 수면제는 내 것이 잘 듣느니라."

"아빠! 우리 같은 흑싸리 껍질은 그만 집에 갈래요. 맨날 실업자 사위를 머슴처럼 부려먹으면서, 압구정 빌딩을 저희한테 못 넘기시겠다는 게 말이나 돼요?"

느닷없이 앙앙불락하는 중년의 딸이 시무룩하게 서있는 자기 남편과 영문 모르는 제 자식 손목을 동시에 낚아채면서 후다닥 현관 밖으로 나간다. 아까부터 주방 쪽 식탁에서 늙은 아버지와 뭔가 티격태격해쌓더니, 결국 불같은 울화가 폭발한 모양이다. 그들 가족은 칠흑 같은 어둠의 빗속을 뚫고 그림자처럼 사라진다.

그러거나 말거나, 2층에서 자그마한 약병을 갖고 다시 거실로 내려온 강 회장은 불면증에 시달리는 가족들한테 효능 좋은 수면제를 원하는 대로 골고루 나눠준다. 그걸 남은 술과 함께 입에 탁 털어 넣은 작은아들이 지금껏 참고 있던 울분을 또 터뜨린다.

"아버진 잘난 장남만 아들인 거죠? 전 다리 밑에서 주워온

양아치 새끼죠? 형한텐 공장 딸린 회사를 유산으로 물려주면서, 아직도 저 악랄한 형 밑에서 궂은 시다바리 일이나 시키는 아버지의 숨은 저의가 뭐냐구요!"

"헛, 이놈이?"

애비가 더 탄식할 겨를도 없이, 작은아들은 후다닥 제 식구들을 낚아채 또 현관 밖으로 폭풍처럼 사라진다. 천둥번개가 치고, 어디선가 우지끈 나무 부러지는 소리가 들린다. 전기마저 끊어진 칠흑의 밤, 세차게 비오는 그 밤을 뚫고 작은아들 차가 끼익 급발진해 떠나는 소리도 비명처럼 들린다. 그러거나 말거나, 큰아들은 벌써 코를 곤다. 술에 취했는지, 아니면 수면제에 중독됐는지, 그도 아니면 그 둘 다에 똑같이 푹 절었는지 정신없이 잠에 빠져들어 있다. 강 회장도 홧김에 그걸 한입 털어 넣은 건 물론이다.

모두가 그렇게 잠든 한밤중, 깊은 잠에서 깬 강 회장 부인이 2층에서 하나씩 계단 난간을 잡고, 잔뜩 두려워하는 눈빛으로 내려온다. 촛불에 어른거리는 그네 모습도 꼭 유령 같다. 그네는 혼자 중얼거린다.

"다들 어디 간 거여? 왜 이리 조용한 거여?"

"할머니, 제가 피아노 쳐드릴게요."

하고 큰손녀도 천연덕스럽게 제 방에서 비틀 걸어 나온다. 수면제에 취해 깊은 잠에 든 줄 알았는데, 그 약효가 별로인지 전혀 아무렇지 않은 몸짓으로 피아노 앞에 정좌해선, 몇 년째 아무도 사용하지 않아 조율이 엉망인 피아노 건반을 두드리기 시작한다. 뭔가에 단단히 덮씌운 듯 열정적으로 두드리는 그 피아노 선율이 의외로 웅장하면서 아름답다.

하지만 이튿날 아침, 다시 잠에서 깬 큰손녀는 아무것도 기억해내지 못한다.

"피아노 뚜껑이 왜 열려 있지? 간밤에 내가 피아노를?"

어디 그뿐이랴. 사랑하는 할아버지와 할머니, 아버지와 엄마가 왜 여태껏 잠에서 깨어나지 못하며, 캄캄한 빗속으로 황급히 차를 몰고 나갔던 작은아버지와 성질 급한 고모 네가, 엄청난 산사태로 무너진 벼랑에서 왜 그리 비참히 죽어 없어졌는지도 영 알지 못한다.

# 별

연둣빛 가로수 잎 사이로 언뜻 손주녀석이 보인 것 같았는데, 다시 살피니 아니다. 깜박이는 푸른 신호등을 따라, 듣든한 제 엄마 손을 움켜잡고 졸래졸래 건널목을 건너온 아이는, 이내 쌈지공원 옆 골목으로 사라져버렸다.

허, 또 잘못 봤군!

요즘 들어 왜 이리 헛것이 잘 보이는 건가고, 그는 속으로 쯧쯧 혀를 찬다. 작은 실 꾸러미나 날파리 같은 게 자꾸만 눈앞을 어지럽히더니, 이제는 사람 알아보는 일조차 만만찮다. 작년 봄, 아내 먼저 세상 떠나보내고 나서 부쩍 깊어진 증세였다.

그래, 당신은 참 좋지? 거기 속 편한 데서 사니까, 나 같은 남편은 아예 잊어먹은 거지?

섭섭하고 서러운 그리움이 울컥 치밀어 올라, 그는 지긋 눈을 들어 먼 하늘을 바라보았다. 붉게 지는 노을이 부시도록 아름다웠다. 힘차게 떠오르는 일출보다 서녘으로 지는 황혼이 훨씬 더 아름다운 나이 한가운데로 그는 훌쩍 들어와 있었다.

노을은 곧 어스름으로 바뀌었다. 머리 위 방범등에도 불이 꿈뻑 들어왔다. 그는 다시 맞은편 큰길의 건널목을 바라본다. 점멸하는 푸른 신호등을 따라 한 아이가 이쪽으로 천천히 다가오고 있지만, 손주녀석이 아니라는 건 금방 온몸으로 느껴진다. 곧장 마을 쪽으로 사라지지 않고 공원 안으로 둘레둘레 들어선 아이는 흔치 않게도 피부와 얼굴색이 검은, 곱슬머리의 소녀였다.

야, 별나게 귀엽네?

놀라움이라기보다는 차라리 신선하고 퍼뜩 반갑기조차 해

서, 그는 유심히 아이의 행동거지를 훔쳐보았다. 아이는 간이 놀이터 그네에 슬그머니 걸터앉아 흔들거린다. 두 발은 그냥 모래밭에 묶어둔 채 몸만 아주 조금씩 앞뒤로 움직여가면서, 시선은 맞은편 건널목에 고정돼 있다. 그는 아이의 정체가 하 궁금하고도 기이해, 그애 가까운 벤치 쪽으로 슬쩍 자리를 옮겨 앉았다. 그리고 조용히 묻는다.

"여기서, 누구, 기다리냐?"

"할머니요. 리어카로 폐지 주우러 가신."

"그래? 너, 한국말 잘하는구나? 학교는 다니고?"

"다니다가, 얼마 전 이 동네로 이사 와선 안 다녀요. 애들이 별에서 온 아이라고 놀려대서."

"야, 별에서 온 아이? 정말 멋있다. 엄마하고 아빤?"

"없어요."

그래? 보호자가 없는 건 나와 마찬가지구나 생각하면서, 그는 공원 옆 재래시장에 가 아이에게 줄 초콜릿과 빵, 그리고 자신이 뒤늦게 혼자 끓여 먹을 압축 건조미역 한 팩과 두 홉들이 소주병을 사서 공원으로 다시 돌아왔다. 아이한테 초콜릿과 빵을 건네주고 알아낸 바에 따르면, 애 엄마는 아프리카로 도망치듯 되돌아가고, 원양어선 타던 아빠는 그보다 더 일찍 바다에서 죽었단다. 이번에는 아이가 묻는다.

"근데 할아버진 누굴 기다리세요?"

"아, 너 같은 손주녀석. 지 엄마랑 저 건널목으로 오게 돼 있거든!"

오늘이 내 생일이라는 말은 꺼내지 않았다. 하나밖에 없는 아들네 식구를 이제 더 이상 기다리지 않겠노라 덧붙이지도 않았다. 그리고 눈을 들어 하늘을 보니, 어둠이 낮게 드리운 고층건물의 어깨 너머로 개밥바라기별이 저 홀로 반짝인다.

애들이 너무 바삐 사느라 내 생일을 깜박 잊어먹은 거겠지!

종이컵에 소주를 가득 채워 홀짝이는 그의 시선은 별에서 여전히 떨어지지 않은 채, 혼잣말처럼 중얼거린다.

"미세먼지 가득한 도시의 하늘에도 별은 뜨는구나. 참 오랜만에 별을 다 보네?"

"어디요, 할아버지? 저, 별, 아프리카에도 떠요?"

"그럼. 뜨고 말구지."

엄마가 몹시 보고 싶은 거구나, 그는 안쓰럽게 돌아보면서 아이의 찬 손을 다정스레 잡아주었다. 그리고 다시 말한다.

"우리가 밟고 사는 지구가 엄청나게 크고 넓은 것 같아도, 사실은 아주 작은 별에 지나지 않아요. 거대한 태양계에 속하는 하찮은 유성에 불과해. 가만, 무슨 말인지는 알아듣겠냐?"

"……?!"

알 것 같기도 하고 모를 것 같기도 하다는 애매한 표정이다. 이제 열 살밖에 안 된 어린것이 어찌 저 장대한 우주의 원리나 그 오묘한 운행법칙을 이해할 수 있겠냐 싶으면서도, 그는 기왕 내친김이라는 듯 나머지 말을 마저 뱉어낸다.

"암튼, 우주 속의 지구는 아주 작은 모래알이나 물방울에 지나지 않는다구. 그렇게 보면, 니가 꿈처럼 여기는 아프리카도 바로 우리 옆 동네나 마찬가지야."

"그럼 할아버지가 그 옆 동네로 절 데려다 주세요."

"허, 그래그래. 내 노력해 보마. 허, 고놈 참!"

그런데 이게 웬일일까. 조금 전부터 소주 안주로 야금야금 뜯어먹은 건조미역이 뱃속에서 자꾸 부풀어 오르는 느낌이더니, 갑자기 숨을 못 쉴 지경으로 팽팽해졌다. 공중에 붕 뜨는 기분이었다.

"이거 왜 이래? 이거, 미역이 사람 잡네?"

가까스로 뱃속을 진정시킨 그는 모처럼 유쾌한 폭소를 터뜨렸다. 하늘의 모든 별들이 한꺼번에 쏟아져 내렸다. 아니, 그의 달치는 의식은 이미 그 별들의 웃음소리를 타고 아이의 아프리카로, 아내가 사는 하늘나라로 훠이훠이 날아가고 있었다.

## 개나리 축제

"한 부장, 오늘 산성천변에서 개나리 축제가 열린다는데, 별일 없으면 나오시오."

강 실장의 핸드폰 속 전갈이었다. 명색이야 아직도 허울 좋은 실장 직함이지만, 그 속사정은 이미 5개월쯤 전에 명퇴 당한 백수 삼식이. 그이한테서 '부장'이라 불린 한익구 역시, 그 엇비슷한 시기에 29년 동안 허위단심 성실히 다니던 회사로부터 점잖게 권고사직당한 중년 실업자. 둘은 그렇게 서로의 지난 거래처 직장의 옛 계급장을 잊지 않고 의리 있게 불러 주었다. 한익구가 기다렸다는 듯 맞장구친다.

"아, 그래요? 그거, 좋지요."

"김밥 몇 줄은 이쪽에서 준비했으니까, 그쪽에선 소주병이나 두어 개 꿰어 차고설랑……"

"예, 그러죠. 열두 시까지, 거기 쌈지공원으로 갈게요."

전화를 끊은 한익구는 괜히 기분이 좋아져서 홍얼홍얼 외출준비를 서둘렀다. 그러다가 문득, 화사한 진해 벚꽃축제 다녀온 게 바로 엊그젠데 또 그놈의 꽃 잔치라니, 아무래도 개나리는 너무하잖남? 생각하고 혼자 피식 웃었다. 산수유 축제다, 매화, 목련, 튤립, 진달래, 동백, 유채꽃 축제다 해가면서, 웬만한 지방자치 단체에선 서로 다투어 흔전만전 잔치판을 벌이는 바람에 이번 봄에는 유달리 몸이 바쁠 것 같은데, 하고많은 꽃 중에서도 그 흔해빠진 개나리를 다 선택해 축제까지 벌이는 건 좀 심하다 싶어서였다.

흥, 아무려면 어떠랴. 노느니 염불한다고, 찾아갈 데가 생겼으니 얼마나 다행인가.

어쨌든 죽음 같은 겨울이 가고 잎샘꽃샘 봄이 찾아들자, 그는 그만큼 갑자기 갈 데가 많아져서 좋았다. 이런저런 축제에라도 즐겨 달려가지 않으면 금방에라도 숨이 목구멍에 턱 가로막힐 것 같았다. 분하고 억울해서 견딜 수가 없었다. 저 황금 같은 29년의 세월 동안 그저 묵묵히 일 속에만 파묻혀 살았는데, 회사에선 아무런 사전예고도 없이 어느 날 느닷없이 해직을 통고해오고 말았다.

등에 가벼운 배낭을 매단 채 집을 나선 한익구는, 가까운 동네마트에 들러 빵과 과자, 소주됫병을 사 그 배낭을 채우고 곧장 목적지로 향했다. 그때 핸드폰 신호음이 울려 걸음을 우뚝 멈추고 얼른 들여다보니, 지난 3개월 간 그리 애타게 연락해도 종무소식이던 미국의 아내한테서 문자가 날아와 있다.

—여보, 그동안 고마웠어요. 미안해요. 이제 더 이상 찾지 마세요.

아내와 함께 먼 미국 땅으로 유학 가 성장한 딸 역시 웬 백인사내한테 시집간 이후론 연락이 뚝 끊겼다. 한익구는 이 단출한 가족을 위해서도 지난 20여 년간을 온 몸과 마음 다 바쳤다고 해도 과언이 아니었다. 그는 잠시 허공에 시선을 던진 다음, 내처 다시 걸었다.

개나리 축제 현장은 벌써 꽃구경 인파로 바글바글 북적였다. 그래도 양쪽 개천 둑을 가득 채운 노오란 개나리꽃 터널은 무슨 무더기 사태라도 난 것만큼이나 장관이었다.

"헤이, 웰컴 투 플라워클럽!"

강 실장이 반갑게 소리친 쪽을 바라보자, 그이 옆에는 웬 낯선 사내가 두 명이나 떠 끼어 있었다. 구석진 한쪽 잔디밭에 쭈그려 둘러앉은 그들은 벌써부터 해장술에 적당히 취해 있었는데, 너울가지 좋은 강 실장이 같은 처지다 싶은 백수 사내들을 반지빠르게 불러 앉힌 게 틀림없었다. 한익구가 가까이 다가가 엉거주춤 주저앉자,

"어서 오시오, 한 부장. 이 두 양반은 우리보다 훨씬 선배시구먼. 취업박람회 나갔다가 그냥 포기하고 댓바람에 일루 오셨다는데, 앞으로 우리 꽃클럽 멤버로 영입하기로 했어요. 서로 인사들 나누시지요."

강 실장이 호들갑스레 두 사내를 번갈아 턱짓하며 소개한다. 어딘지 개개 눈이 풀리고 맥없어 보이는 두 사내 중, 박이라 불리는 쪽은 이미 건성으로 인사 나누기 바쁘게 은단 쪼아먹은 병아리처럼 가물가물 졸기 시작했다. 한익구가 조심스레 묻는다.

"벌써 술이 과하셨나 보죠?"

"아뇨, 수면제 과용이에요."

김이라는 옆자리 사내가 대신 설명해주었다. 수면제 없이는 단 하룻밤도 잘 수 없는 지독한 불면증 환자라는 거였다. 그리고 이렇게 덧붙였다.

"이 나라가 잠 못 드는 사회로 진입한 지 오래 됐어요. 이젠 술도 모자라서, 너도나도 수면제 권하는 사회로 바뀌었다구요."

"백수가 과로사한다더니, 그 말이 맞긴 맞는 모양이군."

한익구의 배낭에서 빠져 나오는 먹을거리를 건너다보며 강 실장이 쓰게 웃었다. 김이라는 사내가 시니컬하게 받아 넘긴다.

"난 늘 배가 고파요. 먹어도, 먹어도 돌아서면 배고파."

"그건 애정결핍증인데, 마누라한테 너무 구박만 받고 사는 거 아뇨?"

"설거지다, 집안 청소다 궂은일은 다 내 차지지만, 그래도 하루 세 끼 삼식이 노릇은 마누라 눈치 보여 안 되겠습디다. 어떤 땐 숨도 제대로 못 쉰다구요."

그날 밤 늦게 개나리 축제에서 돌아온 한익구는, 한 주먹의 수면제를 입에 탈탈 털어 넣고 그만 마취보다 더 멀고 깊은 잠 속으로 푸욱 빠져들었다.

천국이 따로 없었다.

# 거대한 뿌리

상쾌한 아침, 그는 달콤한 늦잠에서 깨어나 아아, 늘어지게 하품을 껐다. 감미로운 봄날의 햇살이 연두색 커튼 사이로 말갛게 비쳐들고 있었다. 그 창가에 놓인 작은 화분의 아이비 이파리도 오늘따라 더욱 싱그럽게 느껴진다. 그런데 온몸을 홍두깨로 두드려 맞은 듯한 이 물에 젖은 피로감은 또 뭔가? 아내가 그 답을 바로 보내준다.

"여보, 빨랑 일어나요. 우리 두나 목욕시키게."

"으, 응. 그래야지."

그는 깜박 잊고 있던 의무감을 재빨리 의식하며 엉거주춤 잠자리에서 일어났다. 모처럼 단잠에서 깨어났는데도 몸이 영 개운치 않았던 건 바로 갓난애 두나 녀석 때문이었다. 산모의 남편도 어김없이 육아휴직을 누리는 세태라, 그 역시 두나가 태어나기 이틀 전부터 그렇게 산모처럼 생활해 온 것인데, 그 일이 그렇게나 힘들고 짜증나고 혈압 오르는 일인 줄은 예전에 미처 몰랐었다. 맏이인 하나 출생 때는 다행히도 남편의 육아휴직 대신 장기 지방출장 중이어서, 놈이 어떻게 나고 젖먹이 때를 보냈는지 잘 몰랐으나, 이번에 몸소 아내와 함께 그 과정을 제대로 겪어보자니까 젖먹이 키우기가 그리도 엄청난 고역일 줄이야!

그는 생각만으로도 설레설레 고개를 내저을 지경이었다.

아니, 인간의 본질이 이런 거였어?

다른 야생이나 가축, 짐승들은 나자마자 발딱 몸을 일으켜 스스로 먹고 빨고 제멋대로 뛰어다니는데, 온갖 동물 중 가장 진화되었다는 인간은 뭐 하나 스스로 해결해내는 게 전혀 없다는 데 그는 잠시 전율했었다. 목도 스스로 가누지 못하는 갓난애는 그저 밤낮으로 먹고 싸고 자고 우는 게 일이었는데,

특히 잠들기 전의 심한 몸부림이나 귀청 찢어대는 울부짖음은, 안 그래도 높은 혈압지수를 한 순간에 천정부지로 확 끌어올려 그저 아연실색케 할 따름이었다.

"아, 뭐해요? 목욕물 식는데!"

플라스틱 작은 욕조 앞에서 벌거숭이 두나와 씨름하는 아내가 채근이다. 알았어, 알았어, 하고, 그는 아직 흐릿한 몸짓으로 아기를 넘겨받아 안았다. 그리고 이내 정신을 바짝 차려 익숙한 손놀림으로 아기를 씻기 시작한다. 투명한 유리거울을 다루듯 조심스럽게, 잘 익은 천도복숭아를 만지듯 정성스럽게. 그러면서 나도 이렇게 나고 자랐겠지, 내 엄마아빠도 이런 마음이었겠지, 하고 새삼스레 부모의 정을 반추하면서, 애를 낳고 키워봐야 비로소 어른이 된다는 어른들 말씀을 몸 전체로 받아들이고 이해하는 것이었다.

그렇게 목욕을 마친 후 보송보송 물기가 마른 아기 몸에서는 향기로운 복숭아 냄새가 나고, 그런 아기는 또 안방 아기 침대로 옮겨져 엄마 젖을 물면서 스르르 꿀잠 속으로 빨려 들어가게 마련이었다. 그 꿀잠이 얼마나 오래 이어질 수 있을지는 모르지만, 어쨌든 어른들은 그 안에 급한 볼일을 후딱후딱 해치우지 않으면 안 되었다. 허드레 차림 그대로 아내가 외출을 서두르며 말한다.

"요 앞 마트에 좀 다녀올게. 우리, 아직 아침밥도 못 먹었잖아."

"그래. 난 빨리 샤워부터 끝내야지."

아내가 아파트 현관을 열고 나가기 바쁘게, 그는 또 맏아들인 하나 방에 들어가 놈이 아직 자고 있는지를 서둘러 확인한다. 세 살짜리 하나는 지 동생이 생기고부터 갑작스런 소외감에 시달리는데, 그나마 성격이 밝고 호기심이 많아 요즘에도 귀여운 재롱 피우기에 한창이었다. 놈에게 있어서의 세상은 온통 경이 투성이. 그래, 놈이 일어나기 전에 샤워를 끝내야지, 하고 그는 서둘러 옷가지를 벗어던지고 욕실로 들어갔다. 두 아이들 동태를 살피기 위해 반쯤 욕실 문 열어놓는 것도 잊지 않았다.

머리를 감고 나자, 문 밖에서 문득 하나 놈 기척이 들린다. 역시 뭐 좀 마음 놓고 시작하려들기만 하면 영락없이 때 맞춰 나타나는 게 그놈의 자식들인가 보았다. 그는 몸의 물기를 대충 털어내고 거실 한가운데로 나가 하나 녀석한테 속삭이듯 말했다.

"하나야, 이리 와. 아빠가 씻어줄게."

"?!"

몸에 물 닿는 걸 극도로 싫어하는 놈이 가볍게 고개를 흔든다. 그러다가 놈의 시선이 한 곳에 우뚝 고정되면서 점점 부풀어 오르기 시작했다. 갑자기 동그랗게 확장된 놈의 동공이 뭔가 알 수 없는 공포를 일깨우는 것 같았다. 그러다가 앙, 느닷없는 울음을 터뜨리고 나서야 그는 자신의 적나라한 알몸을 새삼 의식했다.

아, 내 뿌리!

아빠의 알몸 한가운데 성기를 정면으로 마주친 게 놈에겐 꽤나 큰 충격인 모양이었다. 그는 도로 욕실에 들어가 나머지 샤워를 끝내고, 다시 서둘러 편한 실내복으로 갈아입은 다음 거실로 나왔다. 하나 녀석은 아직도 조금 전의 충격에서 못 벗어난 듯 괜스레 장난감 자동차만 천연덕스레 만지작거렸다. 그는 그런 아들놈을 번쩍 안아들고 창을 열어 햇살 밝은 바깥을 서그럽게 내다보았다. 그 빛다발을 정겹게 음미하면서 그가 나직이 묻는다.

"하나야, 너 왜 울었지?"

"아니, 우리 하나 왜 울었어?"

밖에서 현관문을 열고 들어선 아내의 입에서도 똑같은 질문이 터져 나왔다. 그의 품에서 얼른 아이를 낚아채 안은 아내가, 주방 쪽으로 걸어가며 남편한테 눈을 흘겼다. 그리고 그녀는 잠시 후에 뜬금없는 폭소를 터뜨렸는데, 아주 솔직한 하나로부터 얻어낸 다음과 같은 대답 때문이었다.

"글쎄, 얘 말이 아빠도 아주 큰 고추를 달고 있었다지 뭐야? 호호호, 그것도 너무 무서운!"

# 업, up, 業

자, 다시 전쟁이다.

큐 사인이 나고 호스트의 호들갑스런 상품소개가 시작되자, 그녀는 바짝 긴장하며 의자를 앞으로 끌어당겼다. 그리고 머리에 쓴 헤드폰을 다시 고정하고, 곧바로 따르르 울려대는 상담전화를 잽싸게 받아 나갔다.

"네, 즐거운 홈쇼핑입니다. 무엇을 도와드릴까요?"

"야, 쓰팔 년아, 요즘 같은 불경기에 뭔 돈이 남아돈다고 그 비싼 골드바를 사냐? 너희들이 지금 제정신이야!"

찰칵. 더 이상 대꾸하고 대거리할 상대가 아니다. 초장부터 재수 옴 붙었다고 생각하지만, 그걸 곱씹으며 기분 나빠할 틈도 그녀는 갖지 못한다. 송수화기를 내던지듯 내려놓자마자 또 다른 전화가 거친 파도처럼 밀려든다.

"네네, 즐거운 홈쇼핑입니다. 무엇을 어떻게 도와드릴까요?"

"거기가 그러니까, 저 주먹보담도 큰 금덩이를 외상으로 파는 데 맞쥬?"

이번에는 늘쩡한 충청도 가락의 늙다리 아저씨다. 오늘 왜 이러지? 그녀는 잠깐 이맛살을 찌푸리며, 그러나 말씨는 상냥하게 받는다.

"외상은 아니구요, 카드든 통장이든 절차에 따라 삼개월 무이자로 지급하시면 됩니다. 일시불이면 상당액 할인혜택도 받구요. 화면에 뜬 골드바 중 어떤 걸로 신청하실까요?"

"그러니까 그 뭣이냐, 신청하면 집으로 바로 배달해 주남유?"

"그럼요, 우리 전문 택배회사에서 하루이틀 후 댁에 도착되도록 할 거예요."

“우리 마누라가 이번 추석에 서울서 내려온 자식놈들 뒷바라지하느라 하도 고생혀서, 그게 미안해 선물 좀 하려구유. 뭐가 좋을까유?”

“네, 그러시면 네 번째 이백 그램짜리로 하시면 되겠네요. 그걸로 하시고, 결제 방법은 어떻게 해드릴까요? 통장? 아니면……”

“아니, 아니, 잠깐만 더 생각해 보고 다시 전화할게유. 생각은 굴뚝같지만 요즘 너무 살기가 팍팍해 놔서…… 미안혀유.”

이번엔 저쪽에서 먼저 찰칵이다. 그녀는 순간 머리끝이 확 돌아버릴 듯 화가 치밀었다. 이 끓는 화 다 모이면 웬만한 화산이라도 능히 폭발시킬 터이다. 어쨌든 이 금붙이 판매 일진은 엉망진창일 게 틀림없었다. 양옆의 동료 상담원들은 벌써 몇 건씩이나 달달하게 주문을 올리고 있는데, 도대체 이 무슨 불길한 조화 속이란 말인가. 아까 여성용 속옷 방영 때의 실적은 단연 그녀가 선두그룹이었는데, 이번엔 아예 꼴찌로 전락케 될지도 모르겠다.

그녀는 다시 심기일전해 마음을 다잡고서 달려온 주문 송수화기를 든다.

"즐거운 홈쇼핑입니다."

"우리 마누라가 명절증후군인가 뭔가에 단단히 걸려서, 이혼 직전이오. 사번, 이백짜리로 보내주시오. 주소는 강남구 서초동 송파아파트 백일 동 이백삼 호."

그리고 예의바른 손님은 점잖게 자기 이름과 비아이피 카드번호를 또박또박 들려주었다. 휴, 이제야 제대로 풀리는군. 그녀는 한순간에 그동안 쌓인 스트레스가 확 풀려나가는 기분이었다. 그래서 연신 네네, 순진한 양으로 돌아가 꾸벅이며 손님들 주문을 용케 끝마쳤다. 그런데 왜 문득 남편의 얼굴이 스쳐 떠오른 것일까.

내 명절증후군은 어떻게 보상받지?

그 못난 위인을 생각하면 자다가도 벌떡 일어날 지경이었다. 당장이라도 이혼하고 싶었다. 추석 당일 빠듯한 하루만을 겨우 휴식할 수 있는, 눈코 뜰 새 없이 바쁜 아내의 상담주문 업業을 배려한다면, 그 먼 안동땅까지 어찌 그리 달달달 볶고 인상 잔뜩 찌푸려가면서, 하루 만에 번갯불처럼 다녀올 수 있단 말인가. 주차장이나 다름없이 꽉 막히는 오가는 고속도로 사정은 고사하고라도, 소위 양반집 맏며느리로서의 시난고난 궂은 역할은 절로 숨이 막혔다. 그 잘난 명절이 뭐기에 평소엔 죄 남보다 못한 핵가족으로 지내다가, 왁자지껄 대가족으로 모여들어 부어라 마셔라 떠들어대는 것인가. 그렇게라도 얼굴 익히며 차곡차곡 정 쌓는 건 마냥 좋은 일이긴 하지만, 양반은 무슨 놈의 개뿔, 돌아서면 서로 뒷담화 치고 앙앙불락 불화하기에 바쁜 것을! 그래서 그녀는 추석 전에 이미 시댁 생각만으로도 머리가 지끈 아프고 소화가 되질 않았다. 목에 뭔가 가시 걸린 것 같고 온몸에서 힘이 주욱 빠져나갔다. 지레 허리도 아프고 얼굴 근육과 손목, 손마디까지 저렸다.

그랬는데, 그렇게 시댁을 힘겹게 다녀온 이후, 남편이라는 위인은 또 아내의 무슨 언행에 비위가 뒤집혔는지, 오늘 아침까지도 제 방에 혼자 처박혀 가타부타 말이 없는 거였다. 무슨 침묵귀신에라도 뒤집어 씌웠는지, 바쁜 아내한테 눈길 한 번 건네주지 않은 채 밥도 안 먹고 냉전중이었다. 하다못해 지 밥벌이라도 제대로 하면서 밥을 안 먹으면 누가 뭐라겠는가. 중년나이에 명퇴후 벌이는 체인업종 일마다 다 망해 나가떨어져, 이제는 차라리 가만히 죽치고 나앉아 있는 게 돈을 버는 거라 치지도외되는, 참 별 볼일 없는 잉여인간이면서 말이다.

선물용 작은 금괴 홈쇼핑 30분이 어떻게 흘러갔는지 모르게 끝났다. 아무리 명절 뒤 급격히 늘어나는 이혼사태를 염두에 둔 반짝 상품이라 해도, 극심한 이즈음의 경기불황과는 아귀가 들어맞지 않는 것 같았다. 그 다음엔 여행상품이었다.

보라카이? 저기가 어디지?

하지만 신혼부부로 분장한 두 남녀 쇼 호스트는 '지상에 남아있는 마지막 천국'이라고 보라카이를 들떠 소개한다. 필리핀의 숨은 별천지 섬. 그 푸른 하늘과 뭉게구름, 옥색 물빛이 환상이었다. 그녀는 절로 '나도 가고 싶다'고 생각했다. 가서 푹 좀 늘어지게 쉬고 싶었다. 오션리조트와 푸짐하고 싱싱한 씨푸드, 세일링 보트, 디스커버리 투어, 아일랜드 호핑투어, 1시간의 전신 마사지가 곁들여진 3박4일 코스의 패키지여행이었는데, 그녀는 그중에서도 전신 마사지를 실컷 받아보고 싶었다. 그러나 그건 정신없이 전화상담에 응해야 하는 그녀에겐, 진정 그림의 떡에 불과한 꿈이었다.

"네네, 즐거운 홈쇼핑입니다. 무엇을 도와드릴까요?"

그리고 여섯 번째 상품의 영상판매를 더 되풀이한 뒤에, 그녀는 물걸레처럼 축 늘어져 밤늦게 귀가했다. 남편은 여전히 자기 방에서 나오지 않았다. 그녀와 거의 함께 학원에서 돌아온 중3짜리 아들 역시, 건성으로 알은체하고는 서둘러 제 방으로 들어가더니 그걸로 고만이었다. 침묵의 집, 무덤 속이나 다름없었다.

문들이 꽉꽉 여닫힌 두 사내 방을 번갈아 흥, 째려본 그녀는, 응접소파에 옆으로 벌렁 누워 오랜 습관처럼 티브이를 켠다. 그리고 가능하면 실없이 웃고 떠드는 프로를 찾아 열심히 리모컨을 누른다. 손가락에 마비감이 느껴질 정도로 누르고 또 누르다 보면, 하룻밤에 누르는 횟수만 해도 아마 수백 번은 될 터이다. 스르르 잠이 들 때까지 한시도 케이블티브이 화면에서 눈을 떼지 않는 게 그녀의 습관인데, 그 지독한 불면증은 물걸레처럼 지쳐 돌아올수록 오히려 잠이 더 멀리멀리 달아나버리는 거였다. 그래서 케이블티브이를 켜둔 채 겨우 괭이잠이 들곤 하는데, 그녀는 이번에도 결국 보고 또 보아온 〈업〉을 찾아 눌렀다. 칼이라는 짜리몽땅 노인이 수많은 풍선에 집을 매달아 타고 하늘로 오르는 애니메이션 영화. 여태껏 열 몇 번도 넘게 충분히 보아왔지만, 그래도 그걸 무심히 건너다보고 있노라면 스르르 제풀에 겨우 잠이 들곤 하였다.

가자, 나도 저 노인 따라 남아메리카의 숲속 파라다이스 폭포로 날아가자.

그녀는 가물거리는 비몽에 빠져들며 잠꼬대처럼 혼자 중얼거렸다.

그리고 아침 출근 시간에 쫓겨 가까스로 일어났을 때, 여전히 리모컨을 움켜쥐고 있는 그녀의 마비된 손이 잘 움직여지지 않았다.

아니, 내 손이 왜 이래?

화들짝 놀란 그녀는 급히 가까운 동네 정형외과를 찾았다. 서둘러 진단과 검사를 마친 의사는 고개를 갸웃거리며 말했다.

"손목터널증후군이군요. 터널 내부가 좁아져, 신경이 압박을 받은 겁니다. 밤잠을 못 주무실 정도로 통증이 심하고 저리면 바로 수술하셔야 해요,"

"어머, 그래요? 이 손 못 쓰면 우린 당장 밥줄이 끊어지는데요."

하고 그녀는 쓰게 웃으며 우선 진통제 주사라도 맞혀주고, 약을 좀 처방해 달라고 사정했다. 진료가 끝나기 무섭게 그녀는 또 화급히 회사로 내달렸다. 딱정벌레처럼 생긴 작은 경차를 타고 강변도로를 내달리는데, 그때 갑자기 수많은 풍선들이 하늘에서 쏟아져 내려왔다. 그리고 거대한 하나의 풍선구름으로 뭉쳐지면서, 그녀의 차를 덥석 들어올려 저 먼 파라다이스 폭포로 훠이훠이 데려가고 있었다.

# 우리들의 청정 씨

버스 한 대가 지나갔다.

버스 한 대가 또 지나갔다. 그제야 청정清淨 씨는 괜한 부끄러움과 망설임을 접고 얼른 복권판매소로 다가갔다. 그리고 미리 바지주머니 속에 준비해 쑤셔 넣었던 1만 원짜리 지폐 한 장을 슬쩍 꺼내어 내밀었다.

“이 액수만큼, 자동으로 주시오.”

“네, 돼지꿈이라도 꾸신 모양이죠? 네, 행복하세요.”

오른쪽 눈의 잔주름 밑에 콩알만한 사마귀를 달고 있는 늙수레한 복권 사내는, 지나친 친절로 너스레를 떨었다. 흘깃 웃고 돌아선 청정 씨는 한 순간 날아갈 듯한 기분이었다. 이번 주 토요일 오후면 적어도 20억 정도의 로토 당첨금이 훨훨 날아들 것 같은 예감 때문이었다.

그 부푼 황홀감이 거품처럼 깨질세라 별나게 조심하고 사주경계하면서, 그는 30분 간격으로 다가오는 세 번째 버스에 비로소 덥석 올라탔다.

짐작했던 대로 퇴근길의 버스 안은 콩나물시루 속 만원이었다. 매연과 땀냄새가 날탕으로 뒤섞인 한여름의 버스 안이라, 알레르기 비염 체질인 그의 예민한 코가 그대로 가만히 참고 있을 리 만무했다. 에취, 에이취, 재채기를 연거푸 터뜨리자, 바로 앞자리 창가에 앉았던 여학생이 발딱 일어났다. 그는 얼른 주머니 속의 휴지를 꺼내어 코와 입을 훔치고, 여학생한테 꾸벅 고마움을 나타내면서 그 의외의 빈자리에 엉거주춤 주저앉았다.

그래도 재채기는 쉬 끝나지 않았다. 주머니 속에서 줄줄이 꺼낸 휴지로 입과 코를 훔치고 가렸지만, 눈치 없는 재채기는 연신 쉬지 않고 터져 나왔고, 콩나물시루 속 승객들은 잔뜩 이마를 찡그린 채 청정 씨 곁에서 조금이라도 더 벗어나고자 저마다 기를 썼다.

그래, 이 지옥에서 탈출하고 싶은 건 나도 마찬가지야, 하고 그는 차창 밖으로 시선을 내던지며 생각했다. 공해에 찌든 이 도시와 만원버스, 늘 악질 고용주, 상사의 갑질에 시달리는 끌탕의 직장생활과 갈등 많은 처자식에의 시달림을 떠올리노라면, 환속한 승려 출신의 그는 한시도 이 속세에 더 머물고 싶지가 않았다.

그래, 이번 복권에 당첨만 되면 난 바로 그 모든 무거운 짐과 구속으로부터 훨훨 벗어나야지. 아무도 모르는 심산유곡으로 깊이 찾아들어가, 티 없이 깨끗하고 청정한 물소리, 바람소리 벗 삼으며 자연 그 자체로 살아가야지!

그리고 그는 복잡한 버스 안에서 안서우安瑞雨의 옛시조 한 수를 속으로 읊조렸다. 늘 자신의 처지이면서 또한 남몰래 꿈꾸는 세계이기도 해서, 청정 씨는 이 한 수만은 결코 잊지 않고 마음속에 외고 다녔다.

먹거든 멀지 마나 멀거든 먹지 마나
멀고 먹거든 말이나 하련만은

입조차 벙어리 되니 말 못하여 하노라

역시 내 전생은 신선이었어, 하고 버스에서 내린 그는 혼자 히죽거렸다. 복권만 당첨되면 하 많은 스트레스 지옥인 직장도 이 도시생활도 일거에 싹 때려치우고, 내친 김에 맨날 바가지만 긁어대는 마누라하고도 후딱 이혼해버릴 터였다.

그 마누라는 지난주에도 두 눈이 뚫어질 듯 복권번호 맞춰보는 남편을 향해 잔뜩 경멸어린 눈초리로 힐난했었다.

—허, 딱도 하슈. 그런 요행이나 바라는 못난 위인이었다면 아예 당신과 결혼하지도 않았을 거야. 그것도 매주말마다 쉬지 않고 계속되니, 원!

그래서 그는 이번엔 철저히 마누라 몰래, 오직 혼자서만 은밀히 맞춰보기로 작정했다.

드디어 그날이 왔다.

아, 그리고 진정 믿을 수 없는 일이 벌어지고 말았다. 청정씨는 도무지 벌린 입을 다물 수가 없었다. 기적 같은 일이, 아닌 밤중에 도깨비방망이로 한 대 얻어맞은 듯한 충격이 온몸을 흔들었다. 느닷없이 벼락을 맞거나 교통사고로 죽을 경우보다도 더 높은 확률을 뚫고, 그가 움켜쥔 번호가 정녕코 확실하게 1등 당첨이 된 거였다. 눈을 비벼 확인하고 또 되풀이 해 봐도, 그것은 영락없는 사실이었다.

청정 씨는 참으로 간절히 꿈꾸어 왔던 대로, 주저 없이 실행에 옮겼다. 지옥 같은 회사엔 즉시 사표를 내고, 마누라한텐 전 재산(그래봤자 18평짜리 서민아파트 한 채와 서푼 퇴직금 정도의 은행통장이지만)과 무남독녀 양육권을 당신 몫으로 한다는 조건으로, 서로의 적당한 합의하에 미련 없이 이혼했다.

청정 씨는 곧 깊은 산을 찾아 헤맸다. 전국의 이름난 산과 골짜기를 온통 들쑤시고 다녔다. 그러다가 마침내 자신이 득도할 명당의 암자 터를 발견했다. 뒤로는 병풍 같은 암벽이 우뚝우뚝 둘러쳐 있고, 앞으로는 멀찍이 폭포소리 들리는 계곡이 흐르는 곳. 실로 산자수명한 무릉도원이었다.

그는 주저 없이 그곳을 매입해 '청정암'이라는 아담한 암자를 암벽 앞 마당바위에 세우고, 날렵한 3층 석탑도 그럴 듯하게 올려 쌓았다. 그리고 스스로 머리를 깎고 주지스님으로 행세하였다. 절 살림을 도맡을 불목하니와 음식 솜씨 좋은 공양주 보살도 쾌히 채용하였다. 청정 씨는 마침내 더러운 공해의 속세에서 늘 발원해 왔던 꿈을 현실로 보기 좋게 이루어낸 거였다.

어디 그뿐인가. 암자 뒤 한 선바위가 영락없이 깊은 선정에 든 부처님 얼굴을 닮았는데, 그것도 특별히 착한 사람의 눈에만 보인다는 이상한 전설(청정 씨가 만들어낸)이 꼬리에 꼬리를 물면서, 청정암은 금방 영험한 기도처로 산지사방 입소문을 타기 시작했다.

—(귀가) 먹거든 (세상이나) 멀지 말고,
(세상) 멀고 (귀도) 먹거든 말이라도 할 수 있으련만,
입조차 벙어리 되니 말 못하고 사는구나.

이와 같은 침묵의 도통한 세계가 청정 씨는 너무나도 황홀하였다.

그런데 이상한 일이 일어났다.

어느 날 아침 달콤한 잠자리에서 눈 비비며 일어난 그는, 한번 터진 재채기를 좀체 멈출 수가 없었던 것이다. 온종일 곡조 맞춰 리듬감 있게 일어나는 재채기가 좀체 멈추지 않더니, 그날 밤부터 온몸이 불덩어리 같은 고열과 통증으로 가득

차올랐다. 처음엔 웬 몸살감기가 이리 심한가 싶었으나, 이튿날 새벽녘 도저히 참지 못한 청정 씨가 불목하니의 넓은 등에 업혀 산 아래 마을로, 거기에서 다시 인근 도시의 큰 대학병원 응급실로 실려 갔을 때, 그곳에서 최종으로 내린 진단 결과는 실로 엉뚱하기 짝이 없었다.

"메르스도 아니고, 에볼라도 아니고, 지카도 아닌…… 지금까지 세상에서 발견되지 않았던 희한한 신종 바이러스에 걸렸습니다. 너무 깨끗하고 찬 데서 살았기 때문에 생긴 급성 질환인 것 같습니다."

그리하여 사방에서 모여든 권위 있는 전문 의사들은, 생전 처음 접하는 이 신종 바이러스를 '클린징'이라 명명했는데, 이후 청정 씨는 아무 것도 먹지 못하고, 두 눈으로 앞을 보지도 못하고, 두 귀로 어떤 소리도 듣지 못하였다.

# 원숭이를 보여줘

왕이 죽었다.

루앙고의 인민들은 하늘이 무너지고 태양이 떨어진 듯 땅을 치고 통곡했다. 가슴 치며 동동 발을 굴렀다. 하느님이나 부처님, 알라가 따로 없이, 오직 왕만을 태양처럼 떠받들어 모시는 왕이 죽었으니, 그 비통함은 이루 말할 수가 없었다.

죽은 왕의 시신은 완벽하게 방부 처리되어 태양궁전에 정중히 모셔졌다. 살아생전의 모습 그대로, 아니 살아있을 때보다 더 생생하고 존엄한 얼굴로 부활하여 투명한 유리관 안에 여보란 듯 안치되었다. 인민들은 끊임없이 줄을 지어 잠자듯 누워있는 왕의 주검 앞에 뜨거운 눈물로 경배했다. 하루가 가고 열흘, 한 달이 지나도록 거대한 슬픔에 젖은 그 조문객은 좀체 멈출 줄 몰랐다. 이와 같은 추모행렬은 왕의 엄숙한 장례식이 끝난 이후에도 인민광장의 거대한 동상 앞으로 옮겨져 여전히 계속되었다.

새로운 왕의 등극은 한시가 시급했다. 위대한 루앙고의 빛나는 역사와 전통을 계승하기 위한 왕위를 이리 오래도록 비워놓을 수는 없는 노릇이었다. 그 자리를 세습할 왕자를 하나도 남기지 못한 채 급사한 선왕의 또 다른 비극이었는데, 그래서 왕실에선 그 최측근 핏줄을 일일이 점검해 나가는 중이었다. 그동안 여러 차례 수렴청정에 이골이 난 대비마마는 이렇게 하명하였다.

"이번엔 왕의 이복동생 중 막내 놈을 데려 오너라."

"예, 히!"

점지된 신왕 후보 인솔 책임자는 호기롭게 대답하고 궁궐 밖으로 나섰다. 그러나 반나절도 안 돼서 헐레벌떡 되돌아온 그가 잔뜩 풀이 죽어 보고한다.

“그분 역시 어디론가 잠적하고 말았습니다. 그분의 다른 피붙이들도 일제히 다 숨어버렸나이다.”

“허, 고얀지고!”

성난 대비마마의 탄식어린 명령은 곧장 선왕의 삼촌과 그 조카들로 대상이 바뀌었다. 하지만 그들 또한 어느 틈에 잽싸게 눈치 채고 뿔뿔이 흩어져 달아난 뒤였다. 이제는 오촌들 중에서 찾을 수밖에 없었지만, 그들 역시 이미 종적을 멀리멀리 감추어버렸다. 왕실 주변 친족들은 선왕이 죽었다는 소식을 접하자마자 일찌감치 깊은 데로 숨어들었는데, 그들은 하나같이 왕이 되기 싫다는 거였다.

그로부터 사흘 뒤, 선왕의 육촌인 광고는 아무런 영문도 모른 채 한 무리의 호위병들에 의해 궁궐로 끌려 들어갔다. 한적한 시골 강가에서 성긴 그물로 한가로이 물고기를 잡던 중이었다. 사정이야 어찌됐든, 마침내 광고는 루앙고의 새 임금으로 추대, 즉위하였다. 이제 모든 것은, 그의 모든 행동이나 생각은 존엄한 왕실의 법도에 따르지 않으면 안 되었다. 대비마마는 인자하게 웃으며 일렀다.

“왕관을 쓰기 전에 우선 그 머리부터 도토리 뚜껑 모양으로 다듬어야겠다. 머리에서 발끝까지, 어투나 몸짓, 걸음걸이, 얼굴 표정도 모조리 선왕을 꼭 빼닮도록 하라!"

"예, 대비마마. 헌데 저 형님은 왜 저리 죽어서도 땅에 묻혀 썩지 못하고 계시나이까? 무슨 죄를 지었기에 저리 무서운 형벌을?"

"이놈, 무엄하구나. 우상은 죽으면 안 되기 때문이다. 이 태양궁전에 모신 왕들은 다 저렇게 살아있는 우상으로 누워 계신다."

그리하여 그는 어쨌든 강제된 왕 노릇을 곧바로 실행하지 않으면 안 되었다.

지엄한 왕실 법도에 따라 그가 가장 먼저 치른 행사는 선대 왕들에 대한 제사였다. 제사는 보름에 한 번 꼴로, 정말 골치 아픈 일이 아닐 수 없었다. 태양궁전에 나아가 거의 온종일을 무릎 꿇고 절해야 하는데, 왜 그래야 하는지는 알 수 없었다. 그래서 너무 화가 난 나머지 옆에 서있는 환관을 단칼에 베어 버렸다. 한번 불붙은 살의는 좀체 식을 줄 몰라, 그는 닥치는 대로 왕실 사람들을 죽여 나갔다. 그런 날 밤에는 또 어김없이 어여쁜 기쁨조 여인들을 불러놓고, 광란과도 같은 폭음과 황음荒淫으로 밤을 새기 일쑤였다. 사람 죽이는 일, 주색잡기에 맘껏 놀아나는 일만은 왕의 별난 특권이었다. 왕비와 후

궁은 물론 눈에 띄는 놀이패나 궁녀도 닥치는 대로 농락하고, 자식들 또한 무한정 생산이 가능했다. 하지만 그 여자들이 하나둘 왕의 밤일에 대한 능력을 의심하면서 이제 기운이 다되었다고 소문을 퍼뜨리기 시작하면, 그 왕은 가차 없이 우상들의 노여움을 사고 말았다.

광고도 에누리 없이 그날이 다가왔다. 여전히 우상으로 살아있는(그러나 눈에 보이지는 않는) 선왕의 분노로 해서, 그는 한 순간에 죽임의 나락으로 굴러 떨어졌다. 호위무사들로 하여금 왕립 동물원 앞에 광고를 묶어세운 선왕은 장탄식으로 소리쳤다.

“하는 짓이 어쩌면 그리도 나를 닮았는가? 이 나라 왕들은 왜 하나같이 그 모양으로 최후를 맞이하는가!”

광고한테 내려진 마지막 형벌은 동물원에서 기르는 사나운 육식 수컷 원숭이가 그의 심장을 조금씩 파먹게 하는 것이었다. 선왕의 한탄어린 목소리는 또 이렇게 이어졌다.

“이제 이 나라 왕은 인간을 가장 많이 빼닮은 저 원숭이로 정한다. 더 이상 왕권을 계승할 왕족이 없어진 이상, 오늘 비로소 인간의 세습왕조는 끝났으니, 어서 저 수컷 원숭이를 내 사랑하는 인민들한테 보여 주라!”

그리하여 마침내 루앙고의 마지막 왕위는 사람 아닌 원숭이가 계승하였고, 인민들은 그때부터 이 원숭이를 신으로 모시기 시작했다. '신神'이라는 낱말은 그래서 생겨났다는 소문도 나중에 어디선가 메아리처럼 들려왔다. 보일 시示에 아홉째 지지地支 신(申 – 원숭이).

# 이 뭐꼬?

머위대로 해먹을 수 있는 가장 맛난 요리가 뭐지?

적당히 삶아낸 그 껍질을 벗기면서, 여자는 아까부터 그걸 궁리하느라 머릿속이 바쁘다. 남들은 아무 데서나 펄럭펄럭 잘 자라는 이 머위를 곧잘 식품 중의 천덕꾸러기로 여기기 십상이지만, 신록이 시작되는 철의 머위 맛은 늘 그네를 감동케 한다. 여린 잎은 그대로 쌈을 싸먹어도 쌉쌀한 풍미가 그만이거니와, 부드러운 된장양념에 무쳐낸 그 줄기의 무미하면서도 달달하게 아삭거리는 식감은, 무더위에 잃은 입맛을 단박 되찾아 주고도 남는다. 맛이 없으면서 맛있는 것, 그게 바로 머위 맛이다.

하지만 여자는 오늘만큼은 평상시와 조금 다른, 뭔가 특별한 요리를 해내고 싶다. 어제오늘 눈앞이 헛것인 양 빙글 도는 게 암만해도 기운이 허한 것 같다. 거기에 남편은 또 얼마나 바쁜 농번기의 일구덩이 속인가. 지구 온난화로 철없이 널뛰는 불순한 날씨 한가운데에서, 가지마다 주저리주저리 열린 매실 따랴, 여기저기 예초기 돌려 풀 베고 염소 기르랴, 심한 중노동에 시달리고 있는 터.

그래, 머위들깨탕이야!

두 부부의 보양식으로는 딱 안성맞춤일 것 같았다. 여자는 서둘러 냉장고 냉동 칸을 뒤져 고이 간직해 둔 대하大蝦 몇 마리를 꺼낸다. 여섯 마리의 왕새우를 해동시켜 잘게 토막내어 넣으면, 달달한 감칠맛과 씹히는 식감이 그럴 듯하게 우러나올 터이다. 그리고 가장 중요한 건 들깨. 냉동실 양념칸 깊숙이 숨겨져 있는 그것을 꺼내어, 후끈 단 프라이팬에 달달 볶아 믹서에 갈면서, 여자는 문득 뒷집 할머니를 떠올린다. 외롭게 사는 그 독거노인한테도 한 그릇 떠다 드려야지 생각하니까, 대하도 두 마리를 더해 보태고, 들깨 또한 조금 더 꺼내어 믹서를 돌리지 않으면 안 되었다. 가능한 한 들깨 껍질이 씹히지 않게 하기 위해서인데, 무슨 식품이든지 거친 껍질에 영양가가 풍부하고 실속이 있어, '나 같으면' 그냥 껍질째 후루룩 먹고 말겠지만, 뒷집 노인은 치아가 부실하고 식성마저 까다로운 분임에랴.

먼저 멸치육수를 우려낸다. 중간 크기의 냄비에 마른멸치를 넣고 들기름 부어 달달 볶다가, 물을 부어 끓인다. '나 같으면' 이것만으로도 충분하지만, 좀 더 맛깔나게 마른다시마도 한 줌 넣어 삶아 낸 후, 그 건더기들을 다 건져내자 탐스럽고 뽀얀 국물이 맛깔스럽다.

여자는 거기에 불린 찹쌀과 손마디 정도 길이로 자른 머위대를 넣고 팔팔 끓이기 시작한다. 표고버섯도 탕탕 쪼아 넣고, 슴슴한 국간장으로 간을 맞추면서 다진 마늘과 양파도 섞어 투입하다가, 암만해도 뒷집의 오른쪽 옆집에 사시는 할아버지가 또 맘에 걸린다. 중간 냄비가 작은 것 같아 대형 냄비로 옮겨 끓인다. 대하도 하나 더 꺼내어 토막내, 들깨가루 조금 더해서 통깨, 쪽파와 함께 집어넣은 다음, 뚜껑을 닫고 한소끔 더 끓여낸다. 그리고 남편을 불러 간을 보게 했더니,

"이 뭐꼬?"

남편의 첫마디가 이랬다. 여자도 반신반의하며 맛을 보자, 이건 아예 잡탕이 따로 없다. 기가 막힌 요리 작품을 만들려 너무 많은 식재료를 뒤섞어 투입한 결과였다. 어쨌든 '나 같으면' 벌써 끝났을 머위탕이 이웃집들에 대한 지나친 배려와 정성, 욕심을 앙세게 부린 나머지, 더 엉망진창이 돼버리고 말았다.

하지만 기왕 이렇게 된 거, 뒷집 왼쪽 노인네한테도 한 그릇 떠다 드려야지!

냄비는 이제 큰 들통으로 바뀌어졌다. 거기에 마지막 대하까지 투입한 다음, 여자는 회심의 마지막 카드를 꺼내 든다. 전복이었다. 냉동 칸 깊숙이 숨겨 두었던 바다의 제왕 전복을 세 개 꺼내어 녹이고, 잘게 썰어 다잡아 넣는다. 그리고 솔향기 은은히 밴 맑은 물과 공기도 마지막으로 다시 뿌려 넣는다. 그러고 나니 비로소 입맛 까다로운 남편도 무릎 탁 치며 감탄할 만한 기막힌 머위탕이 만들어진 것 같다.

여자는 우선 뒷집 할머니부터 챙기기로 한다. 큰 사발 가득 채워 나무쟁반에 받쳐 들고 뒷집 마당에 들어서자, 그 집 안방에선 웬 스님이 구슬픈 가락으로 열심히 목탁을 두드리고 있었다. 나무아미타불, 관세음보살…….

이게 뭔 일이지? 하고 놀란 그녀가 주춤거리자, 평소 잘 안 보이던 노파의 며느리가 가까이 다가와 속삭이듯 일러준다.

"지난밤에 그만 어머님이 돌아가셨지 뭐예요."

"네? 어떻게, 이리 갑자기?"

"그러게요. 우리도 허겁지겁 조금 전에야 도착했어요. 인생 참 허망해서……."

"아무리 그래도, 어찌 사람이 이리 싱겁게, 거짓말처럼 가실 수가 있죠?"

정녕 선문답 같은 이 어처구니 현실 앞에서 여자는 그만 벌린 입을 다물지 못한다. 얼결에 뒤통수를 한 대 얻어맞은 듯 정신없이 서 있다가, 그네는 곧바로 돌아서서 자기 집으로 다시 허둥지둥 발길을 되돌린다. 그리고 남편한테 머위탕 사발을 건네주기 바쁘게, 가스레인지 위에 놓인 머위탕 들통을 통째로 낚아채 들고 다시 냅다 뒷집으로 내달렸다. 노래하듯 염불하는 스님이든, 뭔가 즐거운 듯 황망해하는 그집 며느리든, 누구든 이 정체불명의 머위탕을 맛나게 먹어주기를 간절히 바라면서. 아무튼 잠자듯 가셨다니 할머닌 복받으신 거지 뭐, 생각하면서.

여자의 등 뒤에서 머위탕을 맛본 남편이 놀라 외친다. 선문답 같은 저 혼자만의 공허한 가락으로.

"이 뭐꼬?"

## 구멍난 지구

어휴, 덥다, 더워!

운동장 같은 공항 대합실에 에어컨을 잔뜩 틀어놓았는데도 '덥다'는 소리가 비명처럼 절로 터져 나온다. 모든 여행 절차를 마치고 다시 휴게실을 찾은 한 박사네 가족(아내와 딸을 포함한)은, 우선 시원한 아이스크림과 냉커피로 타는 목부터 축였다. 맞은편 벽에 걸린 텔레비전에선 계속 몇 달째 대지를 불태우고 있는 폭염 소식으로 바쁘다.

—드디어 충청도 지역 상수원인 대청댐이 바닥을 드러내기 시작했습니다. 이런 지독한 가뭄현상은 우리 한반도에선 일찍이 찾아볼 수 없었던 이변이라고 합니다. 중부지방의 저수지들은 거의 예외 없이 바짝 말랐고, 유구한 역사와 함께 흘러 온 비단결 같은 금강마저 그 도도한 물줄기의 흐름을 멈출 지경에 와 있습니다.

그리고 아나운서는 유례없는 이번 폭염으로 인해 여기저기서 벌어진 발칙한 사건사고들을 연달아 보도해 나갔다. 이를테면 경부고속도로를 고속으로 내달리던 덤프트럭이 내리쬐는 땡볕과 엔진과열로 해서 차체에 불이 붙어 저절로 폭발, 차가 차를 연이어 덮치고 그 밑에 여러 사람이 겹겹으로 깔려 비참하게 죽어나갔다든가, 의정부 어느 18층 아파트에선 밤낮없이 돌아간 에어컨의 실외기가 절로 폭발해 아파트 전체에 화재의 불길이 번지고, 경상도 어디에선 비닐하우스에서 일하던 시골 노인들이 일사병에 걸려 줄줄이 쓰러지고, 녹아버린 아스팔트 위를 달리던 시외버스가 벌러덩 미끄러지면서 다리 아래 강물로 추락하고, 종로 한복판의 재래시장 안 어느 순댓국 식당에선 찜통더위를 못 이긴 LP가스통이 연쇄 폭발해 삽시에 온 시장이 불타, 지나가던 행인 12명도 그대로 현장에서 즉사했다는 등의 내용이었다.

세상은 온통 가마솥 불볕더위로 인한 아우성 일색이었는데, 심지어는 한 교사가 수십 명의 여고생 제자들을 짐승처럼 성폭행하거나, 거리로 뛰쳐나온 정신병 환자가 식칼을 마구잡이 휘둘러 불특정 다수의 시민을 무자비하게 해치거나, 웬 젊은 여자가 한밤에 알몸으로 도심 한복판을 내달리거나, 여기저기 아파트 층간소음 문제로 순간 충동의 살인사건이 빈발하는 것도, 곰곰 따지고 보면 다 이 참을 수 없는 폭염과 열대야 때문이라는 이야기였다. 한국대 천문학과에 다니는 딸내미가 불쑥 내뱉는다.

"정말 오존층이 무너진 이 지구를 빨리 뜨고 싶어요."

"날씨가 저리 뜨겁다는데, 우리가 오늘 무사히 가긴 갈 수 있을까?"

모처럼의 여행기분에 들떠 있던 아내도 한 술 거든다. 가장인 한 박사가 못을 박아 말했다.

"날씨가 아무리 무더워도 하늘 길은 훤히 열려 있으니 걱정 말라구. 대형 태풍이 몰아치고 천둥번개가 내리치면 몰라도."

"세계의 기상이변을 알리는 저 티브이 좀 보세요. 한국땅은 지금 가뭄으로 몸살 앓는데, 다른 데선 또 엄청난 물난리에 토네이도, 화산폭발, 지진, 대형 모래바람과 우박, 산불로 뒤죽박죽이잖아요. 정말 구멍이 뚫린 건 확실해 보이네요."

"그래도 지구는 결코 멸망하진 않는다."

하고 한 박사는 웃으며 가족을 안심시켰다. 절망적으로 돌아가는 지구촌의 기상이변 알리기에 바쁜 티브이 화면 아랫단에, 한국 각지의 현재기온 순위가 빠른 자막으로 흐른다. 대전 39. 4도, 세종 38. 1도, 공주 37. 4도, 나주 39. 8도, 익산 39. 9도, 합천 40. 3도, 대구 41. 2도, 부산 39. 2도, 서울 38. 9도, 현재순위 1위 대구……. 한 박사가 다시 농담을 꺼내며 가족 안심시키기에 바쁘다.

"기온이 사십 도를 넘다니 이거 보통일은 아니다만, 저기에도 순위를 매기는 것 좀 봐라. 우리 한국인들처럼 1등 좋아하는 민족도 아마 없을 게야. 미국 씨엔엔에서 꼽은 '한국의 세계 1위'들이 뭔지 아남?"

"글쎄요, 기능올림픽?"

"물론 그것도 포함되지만, 인터넷과 스마트폰, 카드 이용률이 최고다. 교육열과 일중독, 폭탄주, 성형수술, 자살률, 노인 빈곤율, 미국산 무기수입률, 최저 문맹률, 항공기 여승무원 친절도, 여자 골퍼들 성적, 임금 불평등, 소개팅 문화 등등이야. 재밌지?”

“재밌긴 한데, 뭔가 씁쓸하네요. 자, 체크할 시간 됐어요. 우리 어서 들어가요.”

하고 딸내미가 자리에서 일어서자, 그네의 자상한 아버지와 엄마도 엉덩이를 털며 따라 일어선다. 그때 텔레비전 화면에선 또 다른 기상 속보가 이렇게 바잡아 전해지고 있었다.

—지금 이 시각 남태평양 해상에서 발달한 제8호 태풍 나비가 일본 오끼나와 쪽으로 상륙할 예정이라고 합니다. 가뭄에 목마른 우리 한반도에도 크게 영향을 끼칠지 모른다고 하니, 국민 여러분은 각별히 신경 쓰시기 바랍니다. 그래도 이 태풍이 우리한테 반갑게 달려와 쩍쩍 금이 가는 갈증을 조금이라도 해결해줬으면 합니다.

저 아나운서, 되게 감상적이네, 하고 돌아선 한 박사네 가족은, 마침내 여러 번 연습한 대로의 절차를 다시 밟고 우주복으로 갈아입었다. 드디어 저 우주 밖 달나라로의 피서여행을 떠나는 것이었다. 예약자가 너무 많아 결국 까다로운 추첨 방식으로 선택된 행운의 이들 가족은, 꿈에 그리던 달나라 여행의 행복한 우주인으로 뽑힌 것이었다. 이번에 날아가는 그

곳이 만약 사람이 살 만한 파라다이스로 확인이 된다면, 기꺼이 병들고 구멍난 이 지구를 영원히 떠나 살 수 있게 될 지도 몰랐다.

아름답구나.

여기저기 도처에 볼썽사나운 구멍이 숭숭 뚫려 있긴 할망정, 하늘 드높은 우주선에서 내려다본 지구는, 어쨌든 깊고 아름다운 푸른 별이었다. 그 푸른 별을 아득히 내려다보면서 한 박사는 다시 한 번 감탄했다.

정말 가슴 시리도록 아름답구나.

이런 절절한 느낌은 옆자리의 사랑스런 아내와 딸도 마찬가지여서, 그네들도 연신 신음 같은 환호성 내지르기에 정신이 없었다.

그러나 그들은 결코 그 지구로 다시 돌아오진 못했다.

# 그 여자의 오뉴월

늦잠에서 눈을 떠 창밖을 내다보자, 잔디 마당이 때 아닌 서릿발로 새하얗다. 아니, 이리 무더운 한여름에 무슨 변괴지?

'소통 전문가' 김종달은 깜짝 놀랐다. 그는 후다닥 몸을 일으키려 했지만, 웬일인지 몸이 말을 듣지 않았다. 손도 발도 얼음장처럼 차가웠다. 온 삭신이 눈사람으로 서서히 굳어가고 있음을 그는 본능으로 알아차렸다.

야, 별 희한한 일이 다 있군. 이러다가 꼼짝없이 얼어 죽는 거 아냐?

그는 덜컥 겁이 나 부리나케 아내부터 찾았다.

"여보, 여보!"

그러나 그의 목소리는 입 밖으로 새어 나오지 못했다. 입도 이미 얼어붙어 있어서였다. 번쩍 정신을 차려 그는 다시 한 번 보이지 않는 아내를 불렀다.

여보, 어딨어? 도대체 어떻게 된 거야?

빈 메아리만 허공에서 맴돌 뿐, 얼어붙은 그의 입에서는 그 어떤 외침도 밖으로 터져 나오지 않았고, 아내의 행방 역시 알 수 없는 눈보라 속이었다. 도대체 이게 무슨 일일까? 어떻게 된 운명의 장난인가! 혼자 속으로 탄식하고 몸부림쳐 보았지만, 일은 이미 엎질러진 물이었다. 그 물이 얼음으로 변해 가고 있는 중이었다.

그는 조금씩 얼어붙어 가는 자신의 몸뚱이가 부서지지 않도록 조심하면서, 아주 천천히 침대에서 내려 주방 쪽으로 나갔다. 아내는 역시 거기에도 없었다. 시원한 냉수를 들이켜고 싶어 수도꼭지를 틀었지만, 그 물도 이미 얼어붙어 나오지 않았다. 타는 갈증을 애써 참으며 거실 쪽으로 몸을 틀었다. 거기 탁자 위에 아내가 남긴 메모쪽지가 서릿발처럼 얼굴을 내밀었다.

—나를 찾지 말아요. 당신이 나한테 저지른 소통불능증이 완치될 때까지. 내 마음의 오뉴월 찬 서리가 말없이 녹을 때까지!

뭐, 뭐라구?

눈을 휘둥그레 굴린 김종달은 뜬금없는 아내의 소행을 도저히 믿을 수가 없었다. 이해할 수도 없었고, 현실로 받아들일 수도 없었다. 전국적으로 유명 짜한 소통전문가한테 아닌 밤중의 소통불능증이라니, 이게 도대체 무슨 망발이란 말인가. 거기에다 우린 또 그동안 얼마나 찰떡같이 견고한 부부관계를 유지해 왔던가!

사실이 그랬다. 그들은 지금껏 26년을 함께 동고동락해 오면서 얼굴 붉혀 말다툼 한번 벌인 적 없었으며, '무자식 상팔자'라는 말에 걸맞게 자식이 없는 데서 오는 단출한 자유를, 오직 두 부부만의 행복 추구에 바쳤다고 해도 과언이 아니었다. 불임의 원인이 누구한테 있는지도 따지지 않은 채, 둘은 아예 자식 없이 살기로 철석같이 약속했었다. 그래서 도시 외곽에 그림 같은 집을 짓고, 아내는 그 안에서 재능 있는 동화

작가로서의 길을 순탄하게 걸어오지 않았는가 말이다.

물론 이런 안락한 삶의 조건과 환경을 꾸릴 수 있었던 건, 순전히 명강사 김종달의 뛰어난 언변 능력 덕분이었음은 두말할 나위가 없겠다. 이미 말 잘하기로 소문난 그의 소통전문가로서의 명성은, 방송계나 대기업, 각종 연수원, 대학, 공무원사회나 종교단체 같은 데서 그칠 새 없이 연사로 모시어 갈 만큼 '인기 짱'인 것이다. 어디 그뿐인가. 현대인의 소외와 불통不通 문제에 대한 그의 박학다식한 해법이 실린 책들은, 출판했다 하면 곧바로 날개 돋친 베스트셀러로 팔려 나가니, 어찌 넘나는 부자가 되지 않을 것인가.

그런데 뭐, 나더러 소통불능이라구?

아무리 곰곰 곱씹어 봐도 집 나간 아내를 이해할 수가 없었다. 한동안 고개를 가로젓고 있던 그는, 가까스로 전화기를 집어 들어 늘 잘 알고 지내는 시내의 여자 병원장한테 구조 요청했다.

"나, 김종달, 이오. 내가 얼어가고, 있소. 빨리. 어떻게, 좀……"

"뭐가, 어떻다구요?"

영문을 알지 못하는 나이 많은 그녀는, 일단 서둘러 구급차를 보낼 테니 안심하고 기다리라 일렀다. 그리고 그가 그 구급차에 실려 왔을 때, 서리가 내린 듯 머리칼 희끗희끗한 그 여의사는, 점점 더 얼어붙어 가는 그의 몸을 천천히 진찰하고 나서 빙긋 웃었다.

"여자가 한을 품으면 오뉴월에도 서리 내린다는 말, 들어본 적 있지요? 딱 그런 케이스네요. 어젯밤 술 취해 귀가해서, 평소 안하시던 무슨 치명적인 농담 같은 거, 불쑥 깨내진 않으셨나요?"

"글, 쎄, 요? 그러니까. 그게……"

잠시 생각에 빠져 있던 그의 뇌리 속으로, 한 순간 번개처럼 스치는 한 대목이 떠올랐다. 모처럼 만의 아내와의 잠자리에서 무심결에 내뱉은 한 마디. '우리, 아이 하나 만들자!'였다.

설마 그걸 갖고?

# 극과 극

쌍둥이 형제인 바다와 하늘이는 서로 상극이다.

똑같은 어머니의 한 배로 나왔으면서 어떻게 그리 다를 수 있는지 도통 알다가도 모를 일이었다. 얼굴 생김새는 물론이고, 평소의 생활 습관이나 성격, 가치관, 식성, 행동거지, 하찮은 말투까지도 사사건건 판이하게 어긋나는 견원지간이었다. 목사인 아버지는 이 쌍둥이 두 아들이 어릴 때부터 늘 가훈처럼 강조해왔다.

—사람은 사람다워야 하느니라. 가난한 자는 복이 있나니, 천국이 저희 것이요, 부자 또한 복이 있나니, 지옥도 저희 것이니라. 무엇보다도 손을 더럽히지 마라. 정신과 몸을 깨끗이 하라.

그리고 두 아들이 저마다 일가를 이루어 어른으로 행복하게 살아가던 어느 날, 아버지는 홀연히 주님 곁으로 가버렸다. 두 아들은 울면서 아버지 무덤 앞에 엎드렸다.

—아버님, 어찌하여 우릴 버리셨나이까? 저는 너그러운 부자가 돼서 가난한 이들의 지옥을 없애겠나이다.

재산 모으기에 뛰어난 재주를 가진 뚱보 형은 이렇게 아버지한테 맹세했고,

—저는 가난한 이들의 아름다운 천국을 건설하기 위해 제 몸을 바치겠습니다.

비쩍 마른 아우도 이렇게 다짐하며 아버지를 그리워했다.

두 형제는 훗날 아버지 생전의 금과옥조 말씀을 과연 어떻게 해석하고 받아들였을까?

형인 바다는 일단 욕심이 너무 많았다. 넌 왜 욕심이 터무니없이 많으냐고 5분짜리 아우인 하늘이 반말 짓거리로 따지듯 덤비자, 형은 점잖은 어조로 일갈했다.

"아버진 항상 베풀며 살라 하셨어. 지옥을 천국으로 만들려면, 무엇보다 돈이 풍족해야 한단 말이야. 그런 면에서 보자면 돈 놓고 돈 먹기 식의 우리 자본주의는 정말 기막힌 제도지. 모든 게 도깨비 방망이라구. 나는 이 요술 방망이를 맘껏 휘둘러 엄청난 부자가 될 거야. 그래야 가난뱅이들한테 너그러운 자선을 베풀 수 있으니까."

"그게 바로 가진 자들의 못된 오만이고 착취 행위야. 그렇게 무한 욕망으로 질주하다간 결국 배가 터져 죽을 거라구!"

하늘이는 콸콸 쏟아지는 수돗물에 몇 번이고 손을 씻어내며 볼멘소리로 응수했다. 마치 형의 욕심 찌꺼기가 자기 손에 바이러스처럼 옮겨 붙어있는 것처럼 그는 씻고 또 씻었다.

버리는 삶, 깨끗하고 청빈한 금욕주의를 인생의 최대 가치로 삼고 있는 그는, 또 틈만 나면 귀를 후비고 코를 풀었다. 몸속의 더러운 것들을 싹 비워내기 위해서였는데, 특히 그가 세수하며 코를 풀어댈 때의 소리는 마치 한 순간 천둥 치는 것만큼이나 요란했다. 저 깊은 뱃속 창자의 똥물까지 끌려 올라올 지경이었다. 그래서 그의 귀나 콧구멍, 입 속, 항문 따위의 구멍들은 항상 지나칠 정도로 청결해서, 오히려 물집이 생기거나 자주 헐었다.

그런 아우를 향해 형이 다시 강조했다.

"그래, 날 돈벌레라고 비난해도 좋아. 하지만 자본주의는 어차피 약육강식의 구조일 수밖에 없어. 치열한 경쟁사회에서 끝내 싸워 이기는 놈이 화려하게 살아남는 구조. 돌고래가 정어리 떼를 사냥할 때, 상어와 어떻게 공생하는지 아니? 아래쪽에서 정어리 떼를 몰아붙여 수면 위로 올리면, 냄새 맡고 달려온 상어 떼는 또 위에서 정어리 떼를 몰아붙여 잡아먹으면서, 돌고래와 상부상조로 협력할 뿐 서로를 공격하진 않는다구. 그래서 상극은 곧 상생이잖아. 너만 괜히 깨끗한 척, 잘난 척하지 말란 말이야."

"굶어 죽는 한이 있더라도, 난 형처럼 살진 않아!"

"그래 좋아. 넌 니 식대로 그렇게 코 풀고 손만 씻으면서 살아라."

아우의 같잖은 청빈의식을 흥 콧방귀로 맞받아 조롱한 바다는, 저녁식사 시간에 늦을세라 바삐 차를 몰았다. 웬만한 아파트 값보다 더 비싼 외제 승용차. 비대한 몸집을 이끌고 차에서 내린 그는, 미리 예약된 호텔 레스토랑으로 들어가 먼저 와 기다리고 있던 한 여자를 만났다. 젊고 생기발랄한 그녀는 물론 그의 아내가 아니었다.

그로부터 두어 시간 후, 텔레비전 뉴스에 그가 등장했다. 호텔 방 침대에서 비명횡사한 참혹한 시신으로. 아나운서는 상기된 어조로 이렇게 이어 알렸다.

—즉각 집중수사에 나선 경찰은, 초저녁 호텔 방에서 생긴 이 의문의 사건을 두고 아직 확실한 갈피를 잡지 못하고 있습니다. 아랫배에 난 주먹 크기의 큰 상처로 보면 끔찍한 타살로 여겨지는데, 함께 투숙한 묘령의 여인은 그냥 단순히 배가 터졌을 뿐이라고 증언하고 있기 때문입니다. 산해진미의 기름진 식사를 너무 많이, 빠른 시간 안에 폭식한 탓이라는데, 그러나 경찰은 불미스런 돌연사라든가 타살, 자살 등의 가능성을 다함께 열어두고 다각도로 수사에 임하고 있습니다.

"뭐, 뭐라구?"

엉겁결에 소식을 접한 하늘이는 기가 막혀 말이 나오지 않았다.

내 그럴 줄 알았다, 그럴 줄 알았어! 하고 화장실로 급히 뛰어든 그는, 서둘러 손을 씻고, 코를 풀고, 가래를 카악, 칵 연거푸 뱉어냈다. 그 행위들이 어찌나 격렬했던지, 하늘이는 그만 그 자리에서 검붉은 피를 흠뻑 토하고 죽었다. 그의 돌연사 역시 황당하고 어이없기는 바다와 마찬가지였다.

## 돼지꿈

복권팔이 그 사내는 '3'에 꽂혔다. 그가 사는 5층짜리 13평 서민아파트의 집 번호도 33호. 그의 분신이나 다름없는 핸드폰이나 즐겨 타고 다니는 중고 경차 번호도 3으로 시작해서 3으로 끝난다. '3'은 곧 그의 상징 숫자이며, 생활 속의 신앙이었다. 그는 스스로에게 이렇게 자주 주문을 걸곤 하였다.

"보라구. 조선왕조에서 가장 위대한 임금인 세종도 셋째아들이었잖남!"

충청도 어느 양반 가문의 셋째아들인 그의 남다른 자부심이었다.

태어난 생일까지 공교롭게도 3월 3일이어서, 그의 운명은 이래저래 '3'을 떠나서는 결코 데면데면하게 살아갈 수 없는 팔자인지도 몰랐다. 하지만 어느 날 돼지꿈을 꾸고 나서 덜컥 몇 묶음이나 움켜 사버린 복권에 대한 실수는 두고두고 회한거리였다. 복권방 주인은 절대 복권을 사지 않는다는 철석같은 불문율을 감연히 깨부순 건, 순전히 그놈의 엉뚱한 돼지꿈 때문이었다.

늦은 점심을 후다닥 때우고 나서 두어 평 좁은 복권방에 다시 갇힌 그는, 가을날의 그 화사한 식곤증을 끝내 이기지 못한 채 은단 쪼아 먹은 병아리처럼 가물가물 졸기 시작했는데, 그 고주박잠의 꿈속으로 아득한 저 어린 시절의 정임이가 느닷없이 활 웃으며 발정난 암퇘지를 세 마리나 몰고 오지 않겠는가. 정임이는 또 놀랍게도 실오라기 하나 걸치지 않은 벌거숭이 맨몸이었다.

우윳빛 두 유방을 찐빵만하게 달고 있는 다 큰 가시나가 부끄럼도 없이!

돼지밥을 퍼주고 있던 소년은 놀라 얼른 고개를 돌렸지만,

정임이는 전혀 아랑곳없이 자기가 끌고 온 암퇘지들을 가리키며 채근했다.

애들이 너무 못 살게 굴어 안 되겠어. 니네 수퇘지를 어서 밖으로 끌고 오란 말여!

내가? 뭘, 어떻게?

소년은 한쪽 손으로 시선을 얼금얼금 가린 채 어리벙벙 눈알을 굴리면서, 발정난 세 암퇘지와 벌거숭이 정임이를 번갈아 살피기에 바빴다. 정임이는 한껏 모들뜨기 눈으로 째려보며 닦달이다.

으이구, 등신. 니네 수퇘지를 우리 암퇘지들한테 얼른 접붙이란 말여. 그것도 몰러?

그제서야 소년은 사태의 심각성을 알아채고 선바람에 몸을 돌려 우람한 수퇘지를 우리 밖으로 풀어냈다. 돼지가 돼지 사정을 안다던가. 수퇘지는 곧장 한 암퇘지를 향해 직선거리로 돌진하였다. 채마밭 들국화 울이 꽃무더기째 넘어지고, 감나무 위의 참새 떼는 더욱 감창스레 기승을 부려 짹짹거렸다. 가을날의 부신 햇살은 소년의 두 뺨을 사정없이 간지럽혔다. 그의 몸뚱어리도 어느 새 벌거숭이로 활짝 벗겨져 있었다. 돼지가 돼지 위로 올라탔다. 올라탄 돼지의 생식기는 놀랍게도 나사처럼 꼬불꼬불 휘어져 있었다. 그 나선형의 살꼬챙이가 붉게 회전하며 암퇘지의 몸 속으로 휘리릭 파고들어가자, 소년은 놀라 비명을 내질렀다. 마치 제 살 속으로 불에 달군 쇠꼬챙이가 파고든 듯이.

깨어나 보니 꿈이었다.

그런데도 이상하게 허망하지 않았다. 아니, 뭔가 벅찬 환희가 소용돌이치며 사내의 전신으로 덤벼들었다. 비록 잠깐 동안의 낮도깨비 같은 꿈일망정, 까맣게 잊고 살아온 저 열세 살 무렵의 아련한 정임이가 웬 떡이란 말인가. 그것도 실오라기 하나 걸치지 않은 맨몸으로, 발정난 세 암퇘지들까지 애달아 끌고 와서!

이게 재수 좋은 길몽이 아니면 도대체 뭐가 길몽일 것인가, 하고 그는 주저 없이 복권에 손을 대기 시작했다. 3이 들어간 숫자를 요리조리 조합하고, 널뛰고 엮고 다듬어서, 자동식은 물론이고 수동식을 수없이 되풀이해 가면서, 그는 자그마치 3,333,000원어치나 현금 박치기로 몽땅 투자했다. 복권방 주인은 결코 제 돈 주고 복권을 구입해선 안 된다는 철칙이 여지없이 깨지는 순간이었다. 그리고 그는 속으로 외쳤다.

"아, 나도 이제 이 감옥 같은 복권방에서 감연히 해방되리라!"

돌아보면 지긋지긋한 인생사였다. 정든 고향땅에서 서울로 무작정 상경한 이후, 그의 낯선 도시생활은 그야말로 지옥의 나날이었다. 벌이는 일마다 실패의 연속이요, 만나는 여인마다 불 꺼진 창이었다. 그리하여 마지막 안정된 직장으로 꿰어 찬 게 이 자그마한 복권방이었던 것이다. 아파트 상가건물의 후문 쪽 사각지대 자투리 공간.

그런데 어릴 적의 정임이가 암퇘지를, 그것도 세 마리나 데리고 나타나다니!

이 무슨 횡재이랴 싶어 그는 망설이지 않고 그렇게 복권을 샀던 것인데, 그러나 그 복권은 거의 몽땅 쓰레기통으로 쓸려 들어가기에 바빴다. 그 다음 회차에서도 마찬가지였고, 또 그 다음, 다음 회차에서도 1등은커녕 3등에도 하나 들지 못했다. 그렇게 허구한 날 복권에 미쳐 지내는 사이, 그의 작은 복권방은 결국 남의 손으로 쉽게 넘어가버렸다.

얼마 남지 않은 재산을 용케 추슬러 다시 찾은 고향땅.

그 땅은 그래도 그의 쓸쓸한 귀향을 슬겁게 맞아주었다. 지난날의 정임이는 오간 데 없었지만, 오래 전에 먼 친척이

버리고 간 폐가 한 채를 빌려 든 그는, 그 마당의 자투리 공터에 우선 돼지우리부터 지었다.

우리 옆 빈 마당가의 갖가지 풀꽃들이 질펀히, 참 아름다웠다. 버려진 곳의 낮고 작은 풀꽃들이 이렇게 별처럼 아름다운지, 그는 예전에 미처 몰랐었다.

# 2장
# 하고하고

# 끝사랑

예산댁 할머니가 사라졌다. 이즈음 들어 동네에서 통 만나뵐 수가 없었다.

장기 요양원에라도 입원하셨나?

혼자 시난고난 갖은 병치레에 시달리다가 결국 그리 되었으리라는 짐작이 갔다. 아니면 보다 못한 서울 큰아들 네에서 뒤늦게 불효를 후회하며 서둘러 모셔갔거나, 제법 큰 포목점을 운영한다는 대전 둘째딸이 어느 날 불쑥 달려와서 '이놈

저놈 아들놈들은 다 소용없어. 공들여 키워봤자 기껏 자기 처자식만 희희낙락 들여다볼 뿐 말짱 헛 거야!' 하고, 앙앙불락 봉고차에 실어 모셔갔거나.

지난 어느 봄날 급한 일이 있어 부리나케 차를 몰고 구불구불 휘어진 마을 앞 비탈길을 내려가는데, 예산댁은 그 중간쯤의 나무그늘 밑 길섶에서 지친 허위단심으로 쪼그려 앉아 계셨다. 나는 살그머니 차를 세우고,

아니, 여기서 왜 그러고 계셔요? 어디 다녀오시는 길이세요?

차창을 열어 걱정스레 물었더니, 깜짝 반가운 낯으로 당신이 타령처럼 늘어놓으셨다.

아휴, 갈 때가 되니 안 아픈 데가 없슈. 허리, 팔다리 관절마다 쑤시고 결려서 한의원에 다녀오는디, 아무리 침 자주 맞고 빼근히 물리치료 받아도 그때만 잠시 괜찮다가 말짱 도루묵이네유. 그래, 무릎이 하도 시큰거려서 좀 쉬고 있슈.

그러셔요? 그럼 여기로 오르세요. 얼른 모셔다 드릴 테니.

아, 아녀유. 잠깐 앉았다 쉬엄쉬엄 걸어가믄 되니께, 가시던 길이나 어서 가시우.

그래도 나는 마음이 캥겨 억지다시피 그네를 차에 태우고

서 오던 길을 되돌아 당신 집으로 모셔다드렸다. 내 일도 물론 바빴지만, 오다가다 길에서 만나는 노인 분들 형편은 곧잘 이렇게 쉬 외면할 수 없도록 나를 의외의 선행 쪽으로 닦달하곤 하였다. 그러고는 한 계절이 훌쩍 지나는 동안 나는 그네를 영 만날 수가 없었던 것이다.

그 속사정이 궁금하고 적이 걱정되어, 나는 내친 김에 우리 집과는 산모퉁이 하나를 에돌아가야 하는 아래뜸의 당신 댁을 찾았다. 예상했던 대로 빈 집이었다. 사람이 살지 않은 집은 이내 썰렁한 거미줄의 한기가 돌고 쑥대밭으로 돌변하기 십상인데, 그네 집이 딱 그랬다. 나는 잠시 그 집 쪽마루에 걸터앉아 일찍이 저 세상으로 영감 떠나보내고, 자식들도 줄줄이 분가시켜 보란 듯 내보낸 후, 오롯이 당신 혼자서 한 많은 세월 대끼며 살다가 홀연히 자취 감춘 예산댁의 쓸쓸한 인생을, 그 덧없는 칠십대 말년末年을 생각했다. 그네가 늘 분신처럼 손에 쥐고 살던 녹슨 호미자루들과 삽, 괭이, 낫 같은 농기구들만이 주인 없는 집 한쪽 벽에 가지런히 걸려 있었다. 그때 고샅길 쪽에서 낯익은 한 음성이 들려온다.

"주인 없는 빈 집에서 뭐 하슈?"

동네반장 박 씨였다. 뭔지 모를 비밀이라도 털어놓으려는 듯 묘한 웃음을 입가에 물고 있었다. 오랜만에 본 그이한테도 내가 뒤늦은 인사치레 건네며 예산댁의 안부를 묻자,

"여태 모르고 계셨수? 그 양반, 시집갔슈!"

웬 뚱딴지같은 소식을 물벼락처럼 뒤집어씌운다. 아니, 뭐라구요? 반문할 새도 없이 입바른 그이가 다시 왜장치듯 덧붙였다.

"저기 광정 농협건물 뒤 윤영감 님이 데려 가셨수. 말년에 혼자 살기 팍팍하다문서, 비슷한 처지끼리 등 긁어주며 함께 살자고!"

"그, 그래요? 야, 그거 듣던 중 반가운 낭본데요?"

나는 연신 반신반의하면서도 그런 싱거운 농담할 사람이 아닌 박 씨의 평소 성품을 잘 아는지라 주춤 고개를 주억거렸다. 그이의 보충설명을 듣고 다른 이웃의 맞장구까지 더 확인한 후, 우리는 함께 박수치며 키득키득, 즐겁게 낄낄거렸다.

그로부터 보름쯤 흘렀을까, 농협에 볼일이 있어 모처럼 나들이한 길에 뜬금없이 예산댁을 조우했다. 나는 깜북 반가우면서도 왠지 겸연쩍은 표정으로 그네를 맞닥뜨렸는데, 상대방은 전혀 어색하지 않게 내 손을 움켜잡으면서 당당히 털어놓았다.

"김 선상한티 못 알리고 와설랑 내내 미안혔는디 잘 됐구만유. 나, 이 동네로 시집 왔슈."

"아, 예. 저도 얼마 전에야 알았습니다. 암튼 그 행복하신 끝사랑, 축하드립니다."

"축하는, 뭐…… 근디, 끝사랑은 또 뭐다요?"

"아니, 그냥. 허허허."

"세상에 끝사랑은 없슈. 모든 사랑은 죄다 첫사랑이지."

"그, 그럼요. 그, 그렇지요."

나는 얼결에 한 대 얻어맞은 듯 뒤통수가 얼얼했다. 그리고 나와 헤어지고 돌아선 그네의 씩씩한 뒷모습을 보고선 한 번 더 놀라지 않을 수 없었다. 그동안 무릎과 허리 통증으로 늘 한쪽 다리를 절뚝거리던 그 불편한 걸음걸이가, 단단한 쇠말뚝처럼 꿋꿋이 펴져 있었기 때문이었다. 사랑의 힘은 실로 그렇게나 헝겁지겁 위대했다.

# 나무 여자

칙, 치지직.

또 그 소리가 들려온다.

나는 반사적으로 고개를 들고 소리가 나는 쪽으로 시선을 보냈다. 또 어제의 그 노처녀 같은 여자다. 도대체 저런 요상한 소음을 왜 짐짓 잊어버릴 만하면 치지직 뿜어대는 것일까. 불과 7, 8미터밖에 안 떨어진 거리지만, 사설독서실의 특수한 칸막이 구조 때문에 나는 도통 그 소리의 정체를 가늠할 수가 없었다. 듬성듬성 박힌 다른 머리통들도 소리가 날 때마다 그쪽을 향해 일제히 치켜들려지는 걸 보면, 그네들 역시 나와 똑같은 궁금증과 불편한 호기심에 시달리는 게 틀림없었다.

실내는 이내 적요한 침묵 속으로 잦아들고, 천장에 매달린 대형 선풍기만이 헬리콥터 프로펠러인 듯 일정하게 돌아간다. 그 삐걱이며 되풀이되는 소리가 마치 '오늘, 그리고 오늘, 그리고 오늘……' 하고 칭얼대는 것만 같다. 그러나 한여름의 맹위를 떨치는 무더위는 좀체 식을 줄 모른다. 덥다, 덥다는 비명이 절로 터져 나올 만큼 보기 드문 폭염이었다. 그럼에도 나는 그 무더위와 싸우면서 열심히, 소리 나지 않게 노트북 자판을 두드려 나갔다. 집에선 도저히 글 쓸 수 있는 환경이나 분위기가 아니어서, 마감일이 다가오면 집에서 가까운 이 허름한 동네 사설독서실을 찾곤 하는데, 한 달에 한 번씩 들어가는 어린이 동화연재가 이렇게나 힘겨울 줄이야!

등단한 지 십년도 안 된 주부작가로서 그런 연재 기회를 얻었다는 사실에만 감지덕지해 냉큼 수락하고 덤벼든 게 잘못이라면 잘못이었다. 그러나 나는 어쨌든 내 일에 충실하기로 한다. 그 주어진 임무를 수행하고자 평소 많은 관심을 갖고 있는 '나무'에 대해서 기를 쓰며 곰파고 있는 것이다. 푸른 나무가 내게 성큼성큼 말을 걸어올 만큼.

그런데 그 몹쓸 소리가 또 들려온다. 칙, 치지직.

나는 마침내 더 이상 참지 못하고 자리에서 벌떡 일어섰다. 그리고는 냉큼 그녀 쪽으로 걸어가 애써 냉정을 유지하면서 조용히 입을 열었다.

"실례지만, 신경이 쓰여서 그래요. 그 소리 좀 안 낼 수 없을까요? 대체 무슨 소리죠?"

"아, 이게 그 정도로 거슬리시던가요?"

그리고 여자는 자기 얼굴에 분무기의 물을 치지직 뿌려 보였다. 나는 하마터면 웃음을 터뜨릴 뻔했고, 여자가 다시 말했다.

"전 별로 방해가 될 줄 몰랐는데, 아줌니도 꽤 예민하신가 보네요. 잠 깨려고 이러는 거예요."

"아, 네."

나는 더 이상 대놓고 대거리할 수 없어 어색하게 고개만 건성으로 끄덕이며 돌아섰다. 책상 아래 두 맨발까지 세숫대야 물에 푹 담근 채 주위의 시선을 전혀 아랑곳하지 않는 그녀는 여러모로 보통내기가 아니었다.

어쨌든 무슨 공부인진 몰라도, 공부에 한이 서린 여자임에는 틀림없어 보인다. 세상에나!

천천히 계단 밟아 옥상에 이르러서야 나는 참았던 실소를 혼자 터뜨렸다. 분무기 물을 자기 얼굴에 치지직 뿌려대는 그녀의 모습은 아무리 좋게 봐주려 해도 가관이었다. 그녀가 옥상에 올라온 건 바로 그때였다. 어머, 하고 내가 제풀에 놀라는데,

“뭐가 그렇게도 우스우세요?”

가까이 다가온 그녀가 스스럼없이 말을 걸어왔다. 나는 황망히 혼자 짓던 실소를 거두며 시치미를 떼고 응답했다.

“아, 아니에요. 구상중인 작품 속 내용을 떠올리고 웃는 거예요.”

“거 보세요. 저 때문에 기발난 착상이 떠오르신 거죠? 선생님이 동화작가라는 사실, 전 알구 있었다구요. 저처럼 재밌는 주인공을 내세우면 독자들이 좋아할 거예요. 그러면 책도 잘 팔리고 인기작가 돼 금방 부자 될 텐데요. 그러면 이런 열악한 데서 글 안 쓰실 거구요.”

“맞아요. 정말 그렇겠네요.”

나는 일단 변죽 좋게 맞장구쳐 준 다음, 이때다 싶어 여태껏 참아왔던 질문을 불쑥 꺼내들었다.

"근데 댁에선 무슨 공부를 그리 열심히 하세요?"

"사법고시요. 고시 합격해서 전 꼭 판검사가 될 거예요."

"아니, 왜요?"

토끼눈으로 묻는 나한테 그녀는 한 술 더 떠서 이렇게 대답한다.

"자기 아버지한테 '야!'라고 큰소리친 우리 삼촌을 잡아넣기 위해서예요. 할아버진 정말 법 없이도 사시는 착한 분인데, 그놈의 재산이 뭔지…… 전 반드시 그 삼촌한테 복수하고 말 거라구요."

"어머, 그래요? 그래서 졸릴 때마다 얼굴에 찬물을 뿌려댔군요? 정말 장하시네요."

"장하긴요. 단지 졸릴 때 물 뿌리는 거만 조금 참아주시면 돼요."

"암은요. 더 자주 뿌려, 그 나무 잘 키우세요."

나는 진심어린 어조로, 활짝 웃어 주었다. 세상 물정 모른 채 그저 순수하기만 한 그녀가 내 눈에는 문득 한 그루의 큰 나무로 비쳐 들어왔다. 나무는 점점 더 힘차게 수액을 빨아올리고, 진한 녹색 가지를 뻗으면서 저 높은 하늘로, 하늘로 자꾸만 치솟아 올랐다.

# 두 사람

그날 밤 불의의 교통사고가 났을 때, 너는 차 밖으로 튕겨 나가며 소리쳤다.

"난 죽지 않아. 죽어도 죽지 않는다구!"

"그래, 우린 결코 이대로 속절없이 생목숨 버릴 순 없지."

나는 힘겹게 맞장구쳤지만, 스멀스멀 옥죄어 오는 죽음의 그림자는 도저히 당해내지 못할 것 같았다. 아득한 의식 밖에서 이런 조소어린 누군가의 속삭임이 들려오기도 했다.

—저마다 백세를 누리는 장수시대가 됐다지만, 너희 속세에선 엄청난 대형 재난과 사건사고가 시도때도 없이 일어나고, 비참한 자살률도 세계 최고를 구가하잖남.

—짐승처럼 잘 먹고 오래 살기만 하면 뭐해? 인간의 존엄성은 갈수록 땅에 떨어지는데!

나는 안타깝고 절박한 심정으로 너를 찾았다. 그 간절한 부름에 응답이라도 하듯, 너는 환히 웃으며 내게로 달려와 주었다. 그리고 다짐했다.

"두려워하지 마. 내가 있잖아."

"그래, 난 너의 사랑을 믿어. 그 사랑의 힘으로 난 절대 죽지 않을 거야."

"물론이지. 세상을 움직이는 모든 힘의 원천은 사랑이고말고. 사랑은 늙지 않고 늘 젊으니까. 돌처럼 굳은 가슴 속을 뜨겁게 달구는 불을 갖고 있기도 하고, 황량하게 시든 골짜기로는 부드럽고 유연한 생명의 물을 보내주니까. 억지로 강제되지 않아 정의롭고, 단순한 쾌락에 지배되지 않으면서 자유롭고, 불가능을 모르는 위대한 용기와 꽃보다 더 착하고 아름다운 마음을 만들어 주니까. 그래서 사랑하는 사람은 누구나 시인이 되는 거야. 훌륭하고 고결한 철학자가 되기도 하고."

"그래서 인간은 영원히 죽지 않는 불사신을 갈망하지. 죽어도 죽지 않기 위해 자식을 낳고 기르며, 악착같이 대를 이어가는 거라구. 헌데, 너의 그 '사랑'이라는 말은 분명히 가슴으로 하는 거지? 혀로 하는 게 아니지?"

"솔직히 내가 나를 모를 때가 많았지. 내 의지와는 상관없는 말들이 입 밖으로 툭 튀어 나오기도 하고, 내 생각과 전혀 다른 행동이 불쑥 저질러지기도 하고…… 그런 걸 보면 내 안에 또 다른 내가 있는 건 확실해 보여. 하지만 이제부턴 그런 일 없을 거야. 난 방금 전에 새로 태어났거든. 새 목숨으로 아름답게 부활했거든. 말하자면 난 이제 사랑의 완성형이야."

"그렇다면 넌 나로부터 완전히 벗어난 거네? 영원한 그리움의 형벌 속에 갇혀버린……"

"아니야. 우린 비로소 서로한테서 해방되었어. 나는 나고 너는 넌 거야!"

한 순간 독사한테 물린 것 같은 전율어린 아픔이 전신을 찔러왔다. 뭐라 표현할 수 없는 심한 격통이 저 깊은 심장 속을 세차게 훑고 지나갔다. 너는 극심한 내 고통과는 아무 상관없이 긴 머리칼을 나풀거리며 하늘로 천천히 날아갔다. 몸뚱이는 아주 작고 귀여웠다. 연기 같은 영묘한 분위기에 휩싸여 가벼운 공기처럼 너는 사라졌다.

"안 돼, 안 돼!"

내가 손을 내저으며 제발 가지 말라 눈물로 호소했지만, 인정머리 없는 너는 뒤도 돌아보지 않았다.

그렇게 한 차례 어지러운 혼란의 회오리가 지나가자, 나는 의외로 안락한 고요 속에 잠겨들었다. 더없는 평화가, 이제 죽어도 썩 괜찮을 것 같은 평온한 행복감이 온몸을 휘감아 들었다. 그때 가까운 곳에서 안개소리 같은 한 음성이 들려왔다.

"그래, 그동안 참 수고 많았네. 그렇게 열심히, 아등바등 기를 쓰고 살았는데, 살고 보니 인생 참 별 거 아니지?"

"예, 그렇습니다. 헌데 검은 도포를 걸친 댁은 뉘신지요?"

"난 그저 그대를 인도해 갈 길잡이일 뿐이네. 이승에선 내가 두 사람으로 살아 몸이 너무 무거웠는데, 여길 오니 이리 가벼울 수가 없어. 어쨌든 잘 왔네."

"내 안의 두 사람은 또 무슨 망발입니까?"

"생전의 나는 내 안에 또 다른 한 사람이 있었다는 얘기지. 착한 놈과 나쁜 놈, 흉악한 살인자와 성스러운 성직자, 욕심 많은 심술쟁이와 덕스러운 자선사업가. 사랑과 증오가 함께 나뒹구는 두 인간으로 평생 시달렸는데, 여기 와서 그것들을 훌훌 털어버리고 나니 이렇게 홀가분할 수가 없단 말이네. 이게 바로 우리가 사는 저승이야."

"그럼 이 몸도 이제 그렇게 된단 말씀입니까?"

"암은, 그렇고말고. 그래서 죽음은 오히려 황홀하고 즐거운 거야. 그 두 사람이 비로소 하나로 독립, 해탈하게 되는 거니까. 그대 심신의 양성兩性에서 찢겨 나간 여성, 혹은 남성을 평생 그리워하지 않아도 되니까!"

"아, 알겠습니다. 뭔가 어렴풋이, 편안한 깨달음이 옵니다."

나는 스르르 두 눈을 감으면서 꿈결이듯 혼잣말했다. 너는 이제 영원히 보이지 않았다.

## 바이러스

나는 마침내 사자를 쓰러뜨렸다.

깊은 숨을 헉헉 가년스레 몰아쉬면서 부드러운 풀밭 위에 고목나무 쓰러지듯 픽 쓰러진 놈은, 이제 더 이상 백수百獸의 왕이 아니었다. 저 드넓은 아프리카 초원을 제 집 안방인 듯 어슬렁거리며 호령하던, 뭇 짐승들의 공포의 대상이었던 그 오만방자한 위엄과 권위도 한 순간에 사라져버렸다.

그래, 그거야. 죽음은 그런 거야!

이승에서 덧없이 소멸한다는 게 무슨 의미인지, 그 비참한 최후의 쓴맛이 과연 어떤 것인지를 좀 더 확실히 보여주기 위해, 나는 가녀리게 할딱이는 놈의 숨통에 마지막 일격을 보탰다. 어쩌면 속절없는 후회의 한숨 같기도 하고, 또 어쩌면 정녕 억울해 죽겠다는 분노의 화살 같기도 한 외마디 신음을 땅이 푹 꺼지도록 길게 내쉰 놈은, 이제 더 이상 움직이지 못했다. 늘 붉은 사냥의 열정으로 뛰놀았던 놈의 뜨거운 피는 싸늘히 식어갔으며, 늘 팽팽한 긴장과 탄력을 잃지 않았던 놈의 근육은 간수 먹은 두부모처럼 스멀스멀 굳어져 갔다. 반쯤 감긴 두 눈의 동공은 힘없이 스르르 풀려버렸고, 풀린 그 먼 시선 밖으로 독수리 떼가 빙빙 원을 그리며 몰려들었다.

어디 굶주린 독수리와 까마귀 떼뿐이겠는가.

가장 먼저 냄새 맡고 달려든 건 쉬파리와 개미떼지만, 놈의 생전에 그토록 그악스레 시도 때도 없이 쫓기며 시달림 받았던 이들도 서로 앞서거니 뒤서거니 하나둘 모여들기 시작했다. 언젠가 금쪽같은 어린 자식의 생명을 놈한테 불의에 빼앗긴 목이 긴 기린어미는,

"흥, 너도 별 수 없지? 때가 되니 어김없이 누군가 데려 가고 말지?"

저만큼 멀찍이 떨어져 방관자처럼 건너다보면서 가없이 측은한 듯 쯧쯧쯧 혀를 찼고, 어디론지 폴짝거리며 뛰어가던 임팔라 한 마리는, 우뚝 걸음을 멈추고선 한동안 경계하듯 이쪽을 가만히 주시하다가 주춤 다가와,

"어? 당신도 죽을 때가 다 있네? 그리도 날탕 우리 생목숨 모질게 앗아가더니, 거, 꼴좋다! 그게 바로 인과응보라는 거야. 행한 대로 되돌려 받는 것!"

맘껏 능멸하고 조롱하기에 바빴다.

놈 가까이 바짝 다가서서 킁킁킁 냄새 맡으며 금방에라도 이리저리 확 물어뜯을 기세이던 하이에나는,

"거 봐. 정승 집 똥개가 죽으면 문상객이 떼거리로 모여들어도, 정작 정승보다 더 등등하던 그대가 죽으니 아무도 찾아오지 않지? 평소에 살생의 악행을 무지막지 저지르면 그렇게 혼자 쓸쓸히 가게 돼 있는 거라구. 나한테도 썩은 고기 한 점 내주지 않으려 그리도 몰강스레 인색하게 굴더니, 이젠 어쩔 수 없이 그대 몸뚱어리를 나한테 내맡긴 꼴이 됐네? 하지만 걱정 말라구. 무자비한 포악, 폭식으로 이루어진 그대 살덩어리는, 너무 질기고 냄새 지독해서 고기 전문가인 나도 안 먹어 줄 테니까!"

이내 미련 없이 돌아서고 말았다.

한공중을 낮게 날던 독수리 떼는 아예 놈 근처로 바짝 다가들어 내려앉았다. 수많은 개미떼와 쉬파리도 놈의 콧구멍, 귓구멍, 눈구멍으로 사정없이 쏟아져 들어가거나 물어 빨고 핥고 야단법석이다.

작열하는 사바나의 태양은 더욱 괄게 이글거렸다. 그 찌는 듯한 무더위와 탐욕으로 가득 찬 발톱 날카로운 독수리들이 싫어서, 나는 슬그머니 숲 그늘 속으로 숨어들었다. 때 맞춰 차에 탄 한 무리의 사냥꾼들이 불쑥 나타났다. 사자의 붉은 살 속으로 칼날 같은 부리를 마악 박아 넣으려던 독수리들은, 그 타는 식욕을 미처 채우지도 못하고 다른 구경꾼들과 함께 푸드득 흩어져 달아나버렸다.

"아니, 이게 뭐야? 사자잖아! 야, 멋진 수사잔데? 어떻게 해서 여기 쓰러져 있는지는 모르지만, 일단 차에 싣고 보자구."

우두머리로 보이는 몸집 훤칠한 사냥꾼이 잔뜩 흥분해서 떠들었다. 안 그래도 빈손으로 돌아갈 판이어서 몹시 낭패스러웠던 그는, 짐짓 임자가 없는 것처럼 여겨지는 죽은 사자를 보자 이내 의기양양해져서 한껏 같잖은 거드름마저 피워댔다. 마치 자신이 사냥한 포획물을 용케 맞닥뜨리기라도 한

듯. 그걸 스스로 확인하고 증명이라도 하려는 듯, 그는 고성능의 날렵한 엽총을 꺼내들어 정조준해서, 죽은 사자의 머리 한가운데를 정통으로 탕, 사격하는 객쩍은 만용도 서슴지 않았다.

그늘 속에서 달려 나온 나는, 총 맞은 사자의 탄알자국을 어루만지며 소리쳤다.

"이건 내 사자니 손대지 마시오. 그리고 이미 죽은 목숨한테 또 총질하는 건 가장 잔인하고 비열한 짓이오. 당신은 지금껏 그런 식으로 살아온 게 틀림없소."

"자, 어서 싣자구. 더 부패하기 전에 빨리 가져가서 근사하게 박제해야지. 여러분도 내가 정식으로 총 쏴서 잡은 걸로 인정할 것! 핫핫핫. 제주도 별장 거실에 걸어놓으면, 정말 끝내주겠구먼!"

사내는 내 말을 전혀 알아듣지 못한 채 혼자 득의만면해 떠들고 도섭부리는 데 정신이 없었다. 나는 다시 한 번 경고하듯 나직이 속삭였다.

"거짓과 교만으로 가득 찬 당신은 오직 더러운 똥자루에 불과하구먼. 남의 걸 맘대로 가로채고, 존엄해야 할 주검 위에 또 총질하고. 그래 좋아. 이번엔 에누리 없이 당신 차례야!"

그리고 세상에서 가장 작으면서 무서운, 사람 눈에는 결코 쉬 뵈지 않는 나는, 조금의 망설임이나 소리 없이 그의 손에, 입에 다정스런 키스세례를 퍼부었다.

# 생쥐와 춤을

불을 끄고 잠자리에 들었을 때 어디선가 흠칫 이상한 소리가 들려왔다.

파초 잎에 떨어지는 빗소리 같기도 하고, 팽팽한 창호지 위를 기어가는 바퀴벌레 소리 같기도 하고, 캔버스 한 귀퉁이를 야금야금 갉아 먹는 생쥐 소리 같기도 했다. 어쨌든 불면에 지친 내 단잠을 방해하는 그 소리의 정체가 제발 기분 나쁜 쥐새끼만은 아니기를 간절히 바랐다. 시궁창을 헤집다 건

너온 더러운 쥐와 함께 똑같은 방 안에서 잠을 잔다는 건 상념만으로도 소름이 끼쳤다.

삭삭삭, 삭삭.

나는 벌떡 일어나 다시 불을 켰다. 화들짝 미닫이창을 열어 보지만 비는 소리 내어 오지 않았고, 옥탑방의 벽이나 천정 어디에서도 빙하기를 마지막까지 살아남아 온 바퀴벌레는 결코 눈에 띄지 않았다.

도대체 무슨 소리였을까?

나는 내 일상의 살림집이면서 가난한 화실, 안락한 잠자리이기도 한, 예닐곱 평짜리 연립주택 옥탑방 안을 유의 깊게 휘둘러보았다. 모든 게 적당히 흐트러진 무질서의 질서 그대로 변함이 없었다. 간단한 이부자리가 함께 들어가는 길쭉한 장롱과 서랍장, 야전침대, 화집들이 얼기설기 꽂힌 책장과 이젤 등의 화구들, 긴 책걸상 따위가 아무렇게나 놓여 있을 뿐이다. 창 쪽 주방 간이식 싱크대 안에 쥐가 든 건 아닐까, 하고 나는 수제비태껸하듯 점검해봤지만, 아무것도 새로 발견되지는 않았다.

그런데 바로 그때 거짓말처럼 작고 희끄무레한 물체가 눈앞으로 휙 지나갔다. 예상대로 생쥐였다. 장롱 뒤 빈틈에서 기어 나온 놈은 눈 깜짝할 사이에 야전침대 밑으로 사라졌다. 책과 잡지, 벗어 던진 양말짝, 바둑알, 헌 신문지 같은 잡동사니가 함부로 방치된 공간이어서, 황망히 대빗자루를 움켜쥔 나는 허둥지둥 그곳을 헤집기 시작했다. 놈이 보이기만 하면 일격에 박살을 내고 말 터였다.

그러나 더 이상 어떤 찍소리도 들려오지 않는다. 나는 놈의 은밀한 퇴로를 차단키 위해 우선 출입문과 창틈부터 서둘러 막고 단단히 걸어 잠갔다. 그리고 흐트러진 침대 밑 잡동사니도 하나둘 정돈해 놈이 숨거나 빠져나갈 공간을 줄이기에 바빴다. 그러다가 피곤에 겨워 다시금 불을 끄고 자리에 슬그머니 누웠다. 쌓인 졸음이 한꺼번에 밀려들었다. 그렇게 스르르 선잠 속으로 빨려 들려는데, 꿈인 듯 생시인 듯 또 그 소리가 들려온다.

삭삭삭, 삭삭.

비몽사몽간에 내 눈과 귀가 열리면서 일시에 벼룩잠이 달아나고 말았다. 이번엔 불을 켜지 않은 채 숨죽여 소리의 진원지를 알아채기 위해 온 촉각을 곤두세웠다. 그 결과 놈은 그림 소재로 쓸 책상 위의 마른 가오리를 노리고 있는 게 분명했다. 나는 반사적으로 일어나 미리 준비해 둔 대빗자루를 조심 집어 들었다. 그리고 순식간에 전기 스위치를 눌러 켜면서 책상 위 박제 가오리를 강타했다. 하지만 헛수고였다. 생쥐는 온데간데없이 눈에 띄지 않았고, 애꿎은 가오리만 아이고땜했다. 그걸 신문지에 둘둘 말아 책상 서랍 안으로 숨겨처박았다. 그리고 놈이 숨어들었을 만한 곳을 대빗자루로 쿡쿡 찔러 봤지만 다 부질없는 짓이었다.

그래, 환한 대낮에 다시 꼼꼼히 살펴보자.

나는 아래층 주인댁이 한밤의 내 쥐사냥 소리에 놀라 깰까봐, 이대로 꾹 눌러 참기로 했다. 내일 날이 밝을 때까진 어떻게든 생쥐의 존재를 잊을 작정으로 불을 껐는데, 그러나 어림없었다. 이번엔 장롱 위였다. 놈은 아예 운동장처럼 제멋대로 쓸고 다녔지만, 나는 여전히 모른 척 잠을 청했다. 다만 내가 잠에 빠져들었을 때 제발 내 얼굴을 짓밟고 할퀸다거나 따뜻한 담요 속으로 기어들지나 말았으면, 바랄 따름이었다.

삭삭삭, 삭삭.

생쥐 소리에 다시 눈을 떴을 때, 나는 자연스럽게 아랫집 주인댁의 고양이를 떠올렸다. 그 날랜 고양이 녀석을 데려와 방 안에 풀어놓으면, 단박에 거침없이 잡아낼 것만 같았다.

하지만 나는 어떻게든 내 손으로 이 못된 생쥐 놈을 잡아

죽이고 말겠다는 쪽으로 결심을 굳혔다. 나는 다시 한 번 놈의 퇴로를 차단시키고자 실내의 흐트러진 가재도구와 잡동사니 들을 한 곳으로 가지런히 모아 정리했다. 그리고 놈이 숨어들었을 만한 구석은 어디든 쇠꼬챙이로 쑤셔보고 때려보고 들춰보았다.

하지만 그 역시 헛일이었다. 문득 제풀에 훌쩍 방 밖으로 사라졌을 거라고 막연히 단정 지었다. 딴은 놈이 어디로 어떻게 들어왔는지 내가 몰랐던 것처럼, 어디로 어떻게 나갔는지도 도통 알 수 없는 일이었다.

그러나 그날 밤, 빌어먹을 놈의 소리는 어김없이 또 들려왔다. 삭삭삭, 삭삭. 도대체 어디서 무엇을 갉는 것일까? 놈의 얄미운 귀싸대기만이라도 숨어 볼 수 있다면, 쥐꼬리만이라도 잠시 밟을 수 있다면 덜 억울할 것 같았다.

나는 결국 주인집 고양이를 불러들이기로 작정했다. 주인아주머니는 '이 녀석이 아직 한 번도 쥐를 잡아본 적이 없는데' 하면서 내 품에 덥석 스펀지 같은 배불뚝이 검은고양이를 안겨주었다.

아닌 게 아니라, 고양이 녀석은 전혀 쥐를 잡을 줄 몰랐다.

그 이튿날 이런저런 먹을거리를 방 안 여기저기에 가득 뿌려놓고 외출했다가 늦은 밤 돌아와 조심 방문을 열었더니, 도대체 이게 어찌된 영문인가. 고양이는 아랫목에서 단잠에 빠져 있고, 생쥐는 그 옆에서 멸치 대가리를 냠냠 맛나게 훔쳐 먹고 있는 중이었다.

특히나 더 놀라운 건 생쥐가 나를 흠칫 쳐다보고도 곧바로 쉽게 물러가지 않는다는 사실이었다. 건성으로 흘깃거리며 구석 쪽으로 홀짝 달아났다가, 놈은 이내 먹이그릇으로 달라붙었다.

나는 꾸벅꾸벅 졸기만 하는 고양이 녀석을 냅다 발로 걷어찼다. 그리고 어르듯 겁 없는 생쥐한테 손을 슬쩍 내밀어 보았는데, 놈은 슬그머니 귀여운 코와 입을 한껏 실룩이며 내 쪽으로 가까이 다가오지 않겠는가.

생쥐는 곧 내 친구였다.

# 불편한 선물

아내가 불현듯 저 세상으로 떠나고 나자, 산골짝 외딴집에는 나만 홀로 덩그러니 남았다. 기가 막혔다. 진즉에 어렴풋 짐작하고는 있었지만, 정작 현실로 맞닥뜨리고 보니 짝 잃은 홀아비 신세가 이 정도로 치신사나울 줄은 미처 몰랐었다. 아침에 일어나 밥 해먹고 옷 입고 잠자는 데 이르기까지, 어느 것 하나 만만한 게 없었다. 도무지 안절부절, 혼자 헛웃음 치고 혼자 중얼거릴 때가 많았는데, 그럴 때마다 말없이 먼저

가버린 아내가 그리 원망스러울 수가 없었다.

그리고 나는 자식들이 괘씸했다. 이 깊은 산골짝에서 순전히 약초 캐고 농사지어 네 남매 뼈 빠지게 키워내 여봐란 듯 솔가시켰는데, 대처로 성공해 나간 놈들은 하나같이 '나 몰라라'였다. 지들 어미 장례 치루고 흩어지면서도 서로들 눈치만 흘깃거릴 뿐, 홀로 된 애비한테 빈말이라도 '우리 함께 삽시다'는 놈은 없었다.

아내 없는 설움이 가장 큰 건 다름 아닌 잠자리였다. 시름없이 막걸리 사발이라도 기울이다가 꾸벅 스러져 잠들라치면, 군불 지피지 않은 온돌방 냉기는 왜 그리도 뼛속에 사무치는지. 아내 없는 옆구리가 그리 시릴 수가 없었다. 그네가 옆에 있어 한 이불 속에 누우면 서로의 따뜻한 체온만으로도 얼마든지 깊은 잠에 들 수 있었는데, 이제는 그게 아니었다.

그 다음엔 혼자 밥해 먹을 때였다. 이즈음의 흔한 말로 소위 '혼밥'이라는 건데, 나는 그 혼밥이 죽기보다 싫을 때가 많았다. 낡은 전기밥솥도 제대로 작동시킬 수 없거니와, 연기에 눈물 질금거리며 장작불 아궁이에서 양은냄비 밥이라도 지을라치면, 또 그걸 밥그릇에 퍼 담아, 어제 남긴 국과 찌개 덥혀 김치 쪼가리 몇 점 앞에 놓고 꾸역꾸역 입에 넣을라치면, 그렇게 퍼먹는 입맛이 진정 소태처럼이나 썼다.

그 다음엔 빨래였다. 고장난 지 오래인 세탁기는 아예 들여다보지도 않은 채, 졸졸거리는 시린 계곡물에서 쉰 내나는 옷가지 대충 손빨래할 적엔 당장에라도 캭 죽어나자빠지고 싶은 심정이었다.

그런저런 내 심사를 지레짐작했음인가, 맏딸 동숙이한테서 기별이 왔다.

"저예요. 별일 없으시죠? 지금 막내랑 아부지한테 가는 중이니까, 어디 나가지 말고 집에서 기다리셔요."

그동안 많이 불편하셨죠? 하는 걱정이 잔뜩 배어있는 음색이어서, 그래도 역시 내 딸내미들이구나 하는 고마움이 울컥 치솟아 올랐다. 아닌 게 아니라 동숙이 몰고 온 차 안에선 생각지도 못했던 선물들이 꾸역꾸역 쏟아져 나왔다. 맛깔스런 김장김치와 짭짤한 밑반찬들, 삼겹살이나 간고등어 같은 생선은 물론, 겨우내 우려먹을 사골 꾸러미까지! 어디 그뿐인가. 두툼한 겨울내의와 털장갑, 모자 달린 오리털 잠바 등의 옷가지도 꼼꼼히 챙겨 왔다.

그런데 거기에 덧붙인 다른 선물들이 나를 주춤 주눅 들게 만들었다. 동숙이 가져온 압력밥솥과 말숙이의 스마트폰이었다. 짐들을 대충 정리하고 난 말숙이 자기 선물을 자랑스레 내보이며 새살궂게 종알거린다.

“아빠, 요즘엔 노인 분들도 이게 필수품이 됐어요. 미리 겁먹지 말고 잘 들으셔요. 일단 전화 받고 거는 법부터 알려 드릴게요. 음, 전화 왔다는 이 짹짹거리는 새소리 신호음이 울리면, 여기 액정화면 속 녹색 수화기 그림 있죠? 이걸 슬쩍 누르시고……”

“아니다, 나는 집전화가 좋다. 그냥 이대로 편하게 살 테니, 그건 애들한테나 줘라.”

사실이 그랬다. 평생 흙만 파먹고 살아온 무지렁이 농사, 약초꾼이 뒤늦게 무슨 첨단 전자기기란 말인가. 하지만 말숙이는 늙은 애비의 도리질에는 아랑곳없이 그저 제품 사용설명에만 신바람이 났다.

“자, 보세요. 이 안에는 별의별 기능이 다 들어있다구요. 카메라에 지도, 녹음기, 계산기, 밤길 걷는 데 엎어지지 말라고 훤히 비춰주는 알전구 불빛, 일기예보, 문자 메시지, 영상통화, 인터넷, 음악감상, 연속극…… 없는 게 없지만, 그런 건 너무 복잡하니까 우선 전화 걸고 받는 법만 익히시라구요. 그럼 아빠가 늘 쓰시는 번호부터 입력해 드릴께요.”

"허, 난 그거 안 쓴대도!"

다시금 고개를 가로저었지만, 막내는 비뚤비뚤 적힌 내 전화번호부를 가로채어 자리에 주저앉더니, 다짜고짜 그 작은 손바닥 기계 안에 뭔가를 입력시키기에 바쁘다.

한참이나 코를 박은 채 주요 관공서 전화번호까지 입력시킨 막내딸 역시, 우리 가족들 번호는 따로 압축되었다면서 1번은 언니, 2번은 막내딸, 3번은 장남, 4번은 차남…… 어쩌구 또 큼직큼직한 사인펜 글씨로 20번까지 나열해, 출입구 기둥 모서리에 터억 붙여놓는 거였다. 그리고 강다짐하듯 설명한다.

"이 명단은 따로 일일이 누르지 말고, 이름 따라 숫자 하나만 쓰윽 누르라구요. 아셨죠? 자, 제가 시범 보일 테니까 어디 한번 따라 해보셔요."

"허, 참. 난 꼭 허깨비에 홀린 것만 같구나."

그러면서 엉거주춤 막내딸이 시키는 대로 저지레 없이 따랐더니, 통화는 의외로 쉽게 이루어졌다.

어, 이런 거였어? 하고 나는 은근히 자신감이 생겼다. 막내딸이 시키는 대로 몇 번을 더 연습하고 나자 이제 스마트폰은 완전 내 소유물이 된 것 같았다.

그러던 어느 날, 세 자식들이 또 한꺼번에 산골 고향집에 들이닥쳤다. 무슨 효도바람이 뒤늦게 불어쳤는지, 이번에는 두 딸내미가 큰아들 놈을 다잡아 앞장세우고서였는데, 어느 전자대리점 상호가 찍힌 용달차에 세탁기며 김치냉장고, 전자레인지, 텔레비전 등의 전자기기들을 싣고서였다.

"아버지, 그동안 많이 불편하셨죠?"

멋쩍게 이를 드러내 보인 큰아들은 곧 대리점 기사를 거들어 복잡한 전자제품들 제자리 설치에 나섰고, 짐 푼 두 딸들 역시 지저분한 집 안팎 청소에 음식 장만이다, 뭐다 해가면서 정신없이 설쳐댔다. 맏딸 동숙이 외친다.

"여기, 빨래부터 빨리 해야겠네. 뭣보다 세탁기 가동이 급해!"

"더 급한 건 아버지가 어떻게 이 세탁기를 돌리고 사용하느냐야. 그 설명서를 아주 큼지막하게 제품 옆에다 일일이 써 붙여놔야 된다구!"

막내딸은 벌써부터 굵은 사인펜을 놀려 큰 글씨로 그 내용을 또박또박 순서대로 빈 종이에 써대고 있었다. 맏딸은 또 맏딸대로 아까부터 냉장고를 정리하면서 어느 칸에 무엇이

들어있는지 굵직한 사인펜 글씨로 칸 맞춰 써 붙이고, 고물이 나 다름없는 전기밥솥을 새로 사온 압력밥솥으로 바꿔 밥을 안친 다음, 그 바로 위 벽에다가 또 압력밥솥 사용설명서를 순서대로 좌악 써 붙인다.

그렇게 한 차례 태풍처럼 다녀가고 난 다음날, 막내딸이 애써 스마트폰에 입력한 그 번호들이 한 순간에 싹 지워지고 말았다. 도무지 뭘 잘못 눌렀는지 알 수 없는 채로, 내 소중한 새 스마트폰은 이내 사용 중지되고 만 거였다.

납작한 최신 텔레비전 리모컨도 제대로 말을 듣지 않았으며, 세탁기 버튼 누르는 것도 영 자신이 없었다. 맏딸이 선물한 새 압력밥솥이나 전자레인지 역시 그 사용법을 사전에 콩케팥케 교육받았음에도, 도대체 뭘 어떻게 어디를 눌러야 할지 마냥 겁나고 막막하기만 했다. 여기저기 사방 벽을 에워싼 사용설명서들만 부질없이 나를 용용 놀려대고 있었다.

그 복잡하고 날렵한 전자제품 선물들 다룰 일에 벌써부터 진땀이 나면서, 나는 부질없이 혼자 소리내어 중얼거렸다.

"오냐, 알겠다. 죽을 때까정 여기 혼자 붙박여 살라는 너희들의 맘!"

# 스톱!

—많은 사람들에게 일자리를 주지 않는 이 야만의 시대!

교황 프란치스코는 이렇게 말했다.

나도 그이의 절규어린 탄식에 주저 없이 동의한다. 참으로 낮은 자세로 세상에 임하면서, 힘없고 못 가진 이들에게 좀 더 가까이 다가가려는 그이의 따뜻한 인간애가 진정 보기에 좋았다. 하지만 어엿한 직장인으로서의 이같은 나의 동조의식은, 일 없이 떠도는 숱한 실업자들한테의 가살스런 동정심이나 같잖은 감상에 지나지 않을지도 모르겠다. 상기도 내로라하는 최첨단 전자회사의 생산부에 보란 듯 종사하고 있음에랴.

그런데 문제는 날이 갈수록 그 생산 라인의 기계화가 가속화되고 있다는 점이다. 특히 로봇산업이 눈부시게 발전함에 따라, 섬세하고 정교한 손길이 요구되는 소프트웨어 쪽 말고는, 벌써부터 그 기계들의 일사불란한 전횡이 이만저만이 아니다. 회사에 감원바람이 불고 있는 오늘 아침에도, 박 과장은 긴 한숨을 내뱉으면서 나 들으라는 듯 말했다.

"자동차나 제철소, 3디 업종 같은 데 비하면, 그나마 우린 약과라구. 앞으론 이 전자동 기계화 시스템 때문에 사람들이 몽땅 굶어 죽게 될지도 몰라!"

"그러게요. 이러다가 우리 자리도 놈들한테 빼앗기는 거 아니에요?"

"아무래도 회사 돌아가는 낌새가 심상치 않다구."

나는 슬쩍 지나가는 농담처럼 둘러댄 거였지만, 박 과장의 표정은 의외로 심각하고 진지했다. 시난고난 일과를 마치고 퇴근길 전철에 오른 지금에 이르러서야, 그의 예사롭지 않은 표정이 문득 발등의 불처럼 현실감 있게 다가오는 건 무슨 까닭일까.

전철 안은 여전히 '묵념' 일색이다. 붐비는 러시아워의 콩나물시루 속이지만, 한 패를 이루어 앉거나 선 일부 승객들을 빼놓고는, 어쩌면 이리 조용, 엄숙하기만 할까. 그 모두가 깊숙이 고개 숙여 마술램프 같은 스마트폰을 눈 빠지게 들여다보고 있기 때문이었다.

게임에 중독된 누구는 실전보다도 더 실감나게 혼자 얼굴 실룩이며 손 놀리기에 바쁘고, 문자 나누기에 여념 없는 누구는 실로 엄청난 속도로 작은 자판 눌러대느라 눈코 뜰 새가 없고, 영화나 드라마, 스포츠 중계를 좋아하는 누구누구는 또 그걸 들여다보면서 일희일비하느라 바쁘다. 이어폰을 귀에 꽂은 채 이슥히 눈 감고 음악 듣는 이, 뭔가 읽을거리를 찾는 이들은 또 그들대로 그에 해당되는 대상을 검색하느라 푹 고개를 숙였다.

이처럼 획일적이고도 기괴한 풍경이 바로 오늘 '묵념의 시대'의 살아있는 증거이며 생생한 표상이라더니, 정말로 딱 들어맞긴 맞는 것 같다.

나 또한 어김없이 그 대열에 합류한다. 스마트폰을 열어 인터넷 검색창으로 들어간다. 왠지 불안해서 견딜 수가 없다.

언제 어떻게 빼앗길지 모를 내 일자리! 아까 퇴근 때 보니, 오늘도 여전히 회사 정문 앞에선, 그동안 부당하게 해고당하고 직업병으로 뇌암, 백혈병에 걸린 이들과 그 가족들이 목청껏 피켓 들고 외쳐댔다.

—우리 목숨 살려내라. 공장 자동화를 몰아내자.

—쳐부수자, 스마트폰. 스티브잡스는 대오 각성하라!

그래서 나는 문득 노조활동 때 학습한 '러다이트(luddite)'가 궁금해졌다. 19세기 초, 영국의 산업화 과정에서 일어난 기계파괴 운동.

—기계가 우리 일을 대신한다. 기계가 많아질수록 노동자들의 일자리는 사라지고, 생존은 위협을 받는다. 그러니 저 기계들을 부숴버리자!

이는 바로 오늘을 사는 우리의 명제가 아닐까. 이쯤에서 이제 눈부신 문명의 발걸음을 멈추자는 것!

이에 발맞추기라도 하듯, 얼마 전부터 여기저기서 들불처럼 일기 시작한 '스톱! 운동'은 무엇보다도 나를 넘나게 자극시키고 유혹하는 데가 있었다.

나는 다시 뉴스 창으로 들어간다.

가장 먼저 눈에 들어오는 건 고속도로 요금정산소 여자들의 성난 시위현장 모습이다. '하이패스'를 없애 달라는 주장이었다. 그 다음 시위대는 사진기제작사들. 그들은 우선 스마트폰을 없애 달라고 요구했다.

어디 그뿐인가. 한국지도제작사협회는 물론이고, 낯선 길을 손바닥 들여다보듯 찾아주는 내비게이션회사들과 수많은 게임기, 계산기와 녹음기, 알람시계회사들, 오락실과 음반, 비디오 가게들, 신문, 잡지, 영화업계를 비롯한 사전류출판사들까지 합세해서, 그들은 서로의 이익단체들끼리 한데 모여 이구동성으로 부르짖고 있었다.

—당장 스마트폰을 추방하자. 모든 식당, 휴게소에서의 '셀프'를 없애자. 자판기를 쳐부수자. 인간 아닌 인간 로봇을 죽이자!

그러나 다른 한편에선 또 이를 격렬히 비판하는 소리도 들렸다.

—자동차가 처음 나왔을 때 마차제조사들, 마주협회, 말똥수거단체들은 수년간 자동차공장을 부수며 데모했고, 의회에서 자동차도로주행 방지법을 만들도록 압력을 넣기도 했다. 자동차가 빠른 속도로 주행하면 말들이 놀라 마차가 뒤집어지면서 사고가 발생한다는 이유였다. 하지만 우리는 지금 자

동차 없이는 못 사는 세상을 살고 있다.

이런 기사들을 한창 검색하고 있는데, 나한테 급한 문자가 날아왔다.

―김달중 대리, 6월 25일 부로 부득이한 회사사정에 의해 정리 해고되었음을 심히 유감스럽게 생각합니다. 삼숭전자 인사부장 배광속.

# 강남 스타일

침을 삼킬 수 없을 만큼 목이 아프다. 역류성 식도염까지 겹쳐서, 타는 듯 목울대로 올라오는 통증이 절로 비명을 지르게 하지만, 그 비명이나 신음도 가래 끓는 목구멍에서 꺽꺽 막힐 따름. 만성 비염 환자인 내 머리는 여전히 지끈거리고, 귓속에선 쉴 새 없이 쇠 갉아먹는 소리, 또는 한여름 날의 매미소리가 들린다. 옆에서 지켜보던 아내가 골골거리는 내 왼팔을 낚아채었다.

"빨리 동네병원부터 가 봅시다. 개원한 지 얼마 안 된 새 이비인후과가 역 근처에 보입디다."

"그, 그래. 이거 도저히 안 되겠군."

병원 가기를 끔찍이도 싫어하는 나도 이번에는 흔쾌히 아내 뒤를 따랐다.

역 근처에 새로 터를 잡은 강남이비인후과의원은 과연 산뜻, 깨끗했다. 어여쁜 간호사들이나 창구 접수원도 그렇게 상냥할 수가 없었다. 그런데 진찰실에 터억 버티고 앉은, 얼굴이 빈대떡처럼 생긴 의사만은 별로 맘에 들지 않았다. 영락없는 몽골리언의 슬쩍 치켜 올라간 눈꼬리에 펑퍼짐한 광대뼈와 콧마루, 얄팍한 두 입술은 그렇다 치더라도, 올백으로 빗어 넘긴 머리칼이라든지 흰 가운 속 나비넥타이와 그 아래 흰 바지, 백구두는 또 무슨 해프닝이란 말인가. 거기에 첫마디부터 툭 터져 나오는 반말은 더욱 가관이었다.

"어디가 어떻게 아프신감?"

"예?"

"아, 어디가 고장났냐구? 어서 혀부터 내봐!"

뭐 이런 후레자식이 다 있어?

속으로는 순간 열불이 났지만, 나는 자신도 모르게 의사가

시키는 대로 입 쩌억 벌려 혀를 내밀었다. 기껏해야 비슷한 또래이거나 서너 살 아래로 보이는 의사의 거침없는 반말 짓거리를, 늘 위압과 권위적이기를 고집하는 의사들의 일반 관행으로 나는 슬쩍 치부할 수밖에 없었다. 그 사이 옆에 서있는 아내한테서 환자의 증세를 대충 전해 들으며 환자 입 안과 혀, 목구멍, 콧구멍을 차례대로 살펴보고 난 의사가 단호한 어조로 내던진다.

"이거 완전히 종쳤구먼!"

"예? 뭐가, 종을 쳐요?"

"아, 인생 끝났다구. 눈, 코, 입, 귀, 어디 한 군데 온전한 데가 없으니, 원. 귀에서 소리 나는 건 마음의 병 때문이니, 먼저 마음 다스리는 법부터 익히슈. 그리고 이대로 가다간 얼마 못 살 것 같으니 담배는 당장 끊고."

"담배는 끊고, 이젠 전자담배로……"

"전자담배는 더 나빠. 그 속에 들어있는 포름알데히드 같은 유해물질이 더 큰 암 유발 덩어리라는 건 모르셔?"

"……?"

설사 그렇더라도 그걸 갖고 인생 종쳤다느니 하는 막가파식 횡포가 어디 있냐고, 그리고 끝까지 그렇게 반말 짓거리일

거냐고 속으로는 더욱 앙앙불락 들끓었지만, 나는 또 이내 수긋하게 고개를 끄덕이고 말았다. 이런 불편한 환자 속내를 읽어냈음인지, 이번에는 의사가 반쯤 존대어로 다시 늘어놓았다.

"그래서 인생은 중독성이라는 거요. 도무지 끊을 수 없는 담배 같은 것. 그래도 살 수밖에 없는 게 인생 아뇨?"

"글, 쎄요."

이건 또 웬 뚱딴지냐 싶어 나는 두루뭉수리로 대꾸했다. 다변의 의사가 다시 말을 잇는다.

"아, 싸이의 강남 스타일, 얼마나 우스꽝스럽고 황당한 춤과 노래 가산가 말이지. 그래도 세계 수십억 인구를 그토록 열광시킨 건 다름 아닌 중독성 때문이오. 북쪽 김정은의 도토리 뚜껑 헤어스타일도 마찬가지. 처음엔 아주 괴상하고 어색해 보여도, 조금씩 익숙해진 사람들은 얼마 안 가서 그 황당, 유치빤스에 중독돼 버리고 만다니까. 안 그래요, 아줌니?"

"그, 그런 것 같네요. 호호호, 재밌으신 분이셔."

엉겁결에 지목당한 아내 역시 황당하고 어이없기는 마찬가지인 모양이었다. 약 처방전을 떼어 주면서 환자의 엉덩이에 따끔한 주사까지 한 대 때려 맞게 한 의사는, 그래도 직접

대기실 문 앞까지 친절히 배웅하며 여전히 내 아내 칭찬하기에 바빴다. 체면이나 권위 따위는 아랑곳없이 간호사들한테 동의를 구하듯,

"이 아줌니, 꼭 황신혜 같지? 좀체 뵙기 힘든 기막힌 미인이시다!"

내 아내를 손가락으로 가리키면서 낄낄거리는 거였다. 그 모습이 영락없는 '강남 스타일' 가수다. 우리는 잔뜩 민망하고 쑥스러운 기분으로 쫓기듯 병원 문을 나서지 않으면 안 되었는데, 나는 병원을 나서자마자 쌓인 불만을 속절없이 터트렸다.

"거, 희한한 상놈이네. 지가 무슨 유명 연예인이라고 안 어울리는 나비넥타이에 백구두 쫙 빼 입고, 거기에 인생 어쩌구, 시답잖은 개똥철학까지 나불대! 내 다시는 이 병원에 오나 봐라. 에잇, 기분 드러!"

"그러게. 정말 못 말리는 괴짜의사네."

아내 또한 망설이지 않고 불유쾌한 남편의 뜻이나 감정에 쉬 동의했다.

하지만 그 사흘 후, 나는 어느새 강남이비인후과 안으로 두 발을 성큼 들이밀고 있었다. 속으로는 진짜 이름난 다른 이비

인후과 명의를 찾아가야지, 가야지 무수히 되뇌었으면서도, 정작 나의 현실 속의 행동은 줏대 없는 요 모양이었다. 의사가 처방해 준 약발이 의외로 잘 들었을 뿐 아니라, 나는 무엇보다도 어릿광대 같은 이 작자의 개똥철학, 해괴망측한 복장이나 욕설 같은 반말 짓거리에 자신도 모르는 새 푸욱 중독돼 있었던 것이다.

# 3장
# 울고울고

## 아, 세월

하룻밤 자고 나니 그는 웬 벙어리가 돼 있었다.

가슴에는 천근만근 무거운 돌덩이가 들어차 있고, 목은 뻣뻣하고, 입 안 가득 버석이는 모래가 씹혔으며, 시야에 펼쳐진 건 아득한 절망뿐, 마른 침조차 삼킬 수 없었다. 아, 아, 아, 하고 그는 몇 번씩이나 성난 짐승처럼 용을 쓰며 외쳐 보았지만, 소리는 마음속에서만 공허하게 울리다가 빈 메아리로 되돌아 올 따름이었다.

아니, 이게 웬 변괴지?

그는 깜짝 놀라 자리에서 벌떡 일어났다. 그리고 튕기듯 거울을 들여다보았는데, 거울 속의 임자도 분명 자신이 아닌 것 같았다. 왼쪽 눈은 발갛게 충혈돼 있었으며, 뒤틀린 입술은 연한 가짓빛으로 멍든 것 같고, 잔뜩 찡그린 이마에는 굵은 주름살이 지렁이처럼 꿈틀거렸다. 알 수 없는 분노로 일그러진 얼굴은 흙빛이었다. 살아있는 돌부처, 혹은 백면서생이라는 별명에 걸맞게 늘 온화하고 해맑던 그의 본래의 얼굴은 이미 온데간데없었다.

아냐, 이건 현실이 아냐. 꿈이야, 꿈일 뿐이야!

밤새 물에 빠져 허덕이는 악몽에 시달렸던 그는 잔뜩 입을 벌려 소리쳤다. 그러나 여전히 소리의 반향은 돌아오지 않았다. 그는 너무 황당하고 기막히고 어이가 없어, 차라리 헛웃음이 풀풀 공기 빠진 풍선처럼 새어 나왔다. 반쯤 열린 방문 사이로 허겁지겁 주방의 아내를 불렀지만, 그러나 그네도 대답이 없다. 여느 때와 다름없이 고등학교 선생인 남편을 탈 없이 출근시키고자 서그럽게 아침식탁을 준비하는 그네 역시, 그의 안타까운 부름을 전혀 알아듣지 못하는 모양이었다. 그는 탕, 탕, 탕, 방문을 두드렸고, 그제야 영문 모를 아내가 흘깃 무심한 눈빛으로 뒤를 돌아본다. 몸부림치듯 그가 묻는다.

나, 나 말야. 내가 맞아?

"……?"

무슨 장난을 그리 이상스레 치냐는 듯, 그네는 여전히 별 대수롭잖은 표정으로 살짝 눈살을 찌푸리면서 무덤덤하게 넘겨버린다. 아침부터 팔자에도 없는 웬 벙어리 흉내냐는 것인데, 그러나 다급해진 그는 이번엔 벌떡 일어나 아내 곁으로 직접 다가가서 손짓, 발짓 섞어가며 수화하듯 말하였다. 진정 이상하고 억울해 못살겠다는 몸짓으로 가슴까지 쳐가면서. 그제야 뭔가 심상찮다고 느낀 아내가 두 눈을 휘둥그레 굴렸다.

"……%#—$@!&+?"

여보, 날 좀 어떻게 해봐. 나도 지금 뭐가 뭔지, 왜 이렇게 된 건지 모르겠어.

"……0418568511?"

남편의 요상한 짓거리가 결코 예사 장난이 아니라는 걸 비로소 현실감 있게 알아챈 아내가 허둥지둥 남편 곁으로 달려들었다.

"여보, 왜 이래요? 응? 대체 무슨 일이야? 그럼 병원부터 빨리 가봐야 될 거 아녜요?"

그러나 그것들은 다만 부질없는 하나의 허튼 몸짓에 지나지 않았다. 아무런 의미나 알맹이가 없이, 허공중에 붕 떠있는 침묵의 난수표 혹은 알 수 없는 부호들에 불과할 따름이었다. 그는 황망히 볼펜과 메모지를 찾아 다음과 같이 썼다.

ㅡ자고 나니 말문이 막혀 있어. 우선 병원부터 가봐야겠네. 학교에는 몸이 아파서 결근한다고 연락해 줘요.

안산의 어느 남녀공학 고등학교 국어교사인 그는, 가능한 한 아주 침착하고 태연스런 태도를 보여주려 노력하면서, 시방도 연신 어처구니없어 하는 아내를 향해 피식 실소했다. 하지만 아내의 눈에서는 그만 붉은 눈물이 핑그르르 돌아 뺨으로 굴러 떨어진다. 아닌 밤중의 홍두깨 같은 이 날벼락을 과연 어떻게 인정하고 수습해 나가야 할지, 그녀는 심히 막막하고 난감해지는 모양이었다. 엎친 데 겹친 격이라더니, 3년 전에 여고생 외동딸을 억울하게 잃고 나서 이제 겨우 그 슬픔 재우려는데, 또 이 무슨 청천벽력이란 말인가.

그 충격은 가장인 그 역시 마찬가지, 순전히 '입'으로 먹고 사는 교사가 그 절대 무기인 '말'을 잃어버렸다는 데 따른 절망감도 말할 수 없이 깊고도 크거니와, 이와 같은 현상이 정말로 치유할 수 없는 고질병으로 고착돼버린다면 앞으로 어떻게 온전히 살아갈 것인가에 생각이 미쳐, 시간이 흐를수록 가슴은 더욱 불방망이질치고 눈앞은 캄캄했다. 이러다가 숨이 콱 막히고 눈까지 멀어버리지 않을까 싶었다. 그는 곧 아내가 이끄는 대로 간편복 차림으로 의료시설 좋은 대학병원행을 서둘렀다.

명의로 소문난 이비인후과 의사는, 한참이나 그의 입과 귀, 콧속을 이리저리 깊숙이 들여다보고 나서 연신 고개를 갸웃거렸다. 아무런 이상이 없다는 거였다. 의사가 묻는다.

"말은 못하지만 들리긴 하세요?"

……예!

하고 그는 어리벙벙 고개를 끄덕였다. 의사가 다시 실소를 날린다.

"말하지 못하면 대개는 듣지도 못하는데, 거 참, 이상하네?"

그리고 의사는 곧 정밀 종합검진을 받아보자고 했다. 뜬금없는 벙어리의 원인 규명을 위해서는 환자의 몸 속 모든 기관을 샅샅이 뜯어보고 검사해야 할 뿐만 아니라, 경우에 따라선

정신감정도 받아 보아야 할 것 같다고 의사는 덧붙였다.

이튿날, 그는 다시 지난밤부터의 금식 상태로 병원에 가서, 물먹은 솜 같은 몸이 완전 녹초가 될 때까지 차갑고 날선 여러 의료기기들에 진창 시달리지 않으면 안 되었다. 안압과 혈압과 맥박, 심전도 체크는 물론, 피와 오줌을 뽑히고, 갖가지 엑스레이에 찍히고, 가스가 가득 채워진 배를 쑤욱 내민 채 대형 캡슐 안에서 마구잡이로 궁글림을 당하거나, 빈 뱃속으로 미끈한 줄을 매단 내시경이 사정없이 들어오는 걸 얌전히 감내하거나 하였다. 뇌의 단층이나 인후, 비강, 귀의 고막, 등뼈, 골수 촬영에서부터 간, 당뇨, 쓸개즙까지 모조리 다 검사해야 당신이 갑자기 벙어리가 된 이유를 얼마쯤 밝혀낼 수 있다는 거였다. 그래서 그 고통스럽고 비싼 대가를 말없이, 고스란히 다 치러냈다.

하지만 어림없었다. 며칠 후에 찍혀 나온 검사 결과는 여전히 이상무. 염알이 잘하는 의사들도 속수무책이었다. 마지막으로 신경정신과 쪽의 권위 있는 의사가 나섰다. 정신과 전문의는 그가 아니라 그의 아내부터 먼저 불렀다.

"남편은 깊은 마음의 병을 앓고 계십니다. 요 근래 집안에 무슨 일이 있었나요?"

"딸이, 하늘나라로 갔어요. 3년 전 봄에, 제주도로 수학여행 가다가……"

"아니, 그럼 그 4월호 침몰사건, 말씀인가요?"

"네, 그래요. 그때 이후, 저이는 늘 죄책감에 시달렸어요. 딸애의 아빠로서만이 아니라, 그애와 함께 다른 학생들을 인솔해 간 담임선생님으로서의 죄책감. 아이들을 다 수장시키고 혼자 살아온 데 따른……"

"아, 그랬군요. 그래서 늘 불면증에 잠을 못 이루시고, 그러다 보면 인체의 어느 감각기관이 갑자기 고장 나거나 마비될 수도 있지요."

"그래서 저희 남편이 벙어리가 됐다는 건가요?"

"아니, 아니. 말하자면 그렇다는 거죠. 아직은 원인을 더 캐봐야 합니다."

정신전문의는 다시 당사자를 불러, 물으나마나한 질문들을 또 꼬치꼬치 캐묻기 시작했다. 그는 굴퉁이 같은 의사의 빤한 문진에 건성으로 대답하면서 깊은 회의와 원망에 사로잡혔다. 혹시 내가 물에 빠져 죽은 제자들의 저주를 받은 건 아닐까? 떼거리로 수장당한 그애들의 애모쁜 물귀신한테 홀린 건? 아아, 어쨌거나 나는 씻지 못할 천형의 벌을 업보로 불러들인 게 틀림없어!

이제 어쩔 도리 없이 절망에 사로잡힌 현실이었다. 비록 다람쥐 쳇바퀴 같긴 할지라도 그의 식구들의 밥줄이었던 학교 출근도 더 이상 불가능했다. 정상의 생활은 엄두도 내지 못한 채 며칠째 이부자리 위에 누워 끙끙 앓고 있던 그는, 진정 억장이 막히고 환장해 절로 혀를 깨물고 싶을 지경이었다.

아무리 곱씹어 생각해도 어느 누구한테 죄를 짓거나 깊이 원한 살 일을 저지른 적은 결코 없었다. 아니, 오히려 언제나 마음 따뜻한 사람으로 그저 착하고 아름답게 세상 살려고 얼마나 기를 썼던가. 남에게는 결코 싫은 소리 한마디 내뱉는 법 없이, 눈곱만치도 폐를 끼치거나 신세지지 않으려 애썼다. 그저 늘 정직하고 성실하게 주어진 길을 묵묵히 걸어 왔노라고 자부해 온 인생이었다.

그는 일찍이 얄팍한 촌지봉투도 결코 받은 적 없었으며, 돈 많은 학부형이 베푸는 어떤 회식 자리에도 합당한 이유 없이 참석해 보지 않았다. 누구라 없이 남들도 흔쾌히 그의 청빈한 마음가짐과 일상의 양심 바름에 쉬 동의했고, 애들 가르치는 교사가 안 됐다면 분명 고결한 성직자의 길을 걸었을 거라고 장담하는 사람들도 많았다. 학교에선 학생들의 인기를 한 몸에 업은 채 명쾌한 논리와 따뜻한 애정으로 애면글면 가르침에 임했으며, 집에서는 자상하고 사랑스런 남편과 아버지로서의 역할을 원만히 수행하였으며, 사회에선 늘 불행한 이웃한테 적선하고 불의에 당당히 맞서 싸우려는 자세로 살았었다.

그런데 왜 이런 참혹한 일이 내게 일어났단 말인가.

아, 아, 아, 하고 그는 밀림 속의 타잔 흉내를 부질없이 내보았지만, 소리는 여전히 입 밖으로 새어 나오지 않았다. 가슴은 미어터질 듯 답답하고 입 안은 온통 불 먹은 모래알로 버석거렸다. 분하고 억울한 감정이 곧장 맹렬한 두억시니 화염으로 번져 그의 온몸과 어질머리를 휘감았다. 병원에선 특별한 약도 처방해 줄 수 없다고 했으므로, 그는 일단 가까운 동네 약국이라도 찾아가 보기로 했다. 어두운 밤이 오는 게 두려워 황급히 동네 약국을 찾아간 그가 필담으로 말했더니, 붉은 주먹코를 가진 독실한 기독교 신자인 약사는,

"선생님은 지금 화택火宅을 짊어지고 계시니, 뭣보다도 안정을 취하셔야겠어요. 모든 걸 다 잊고, 우선 푸욱 주무세요. 뭣보다도 잠을 푸욱 주무셔야 합니다."

한 꾸러미의 비싼 조제약을 덥석 안겨 주었다. 약의 효과는 놀랍도록 쉬 나타났다. 울화통이 스르르 가시면서 뒷골의 불쾌한 땅김도 조금 엷어지고, 소용돌이치던 슬픔과 분노도 천천히 가시는 것 같았다. 부푼 몸뚱이가 부웅 떠오르면서 나른한 졸음이 찾아왔다.

—이끼긴 바위와도 같은 늙은 당산나무 아래, 남루한 한 소년이 울며 서 있다. 울다가 지친 소년은 마침내 어머니의 손에 이끌려 배 떠나는 재 너머 포구로 향한다. 이슬 젖은 풀잎을 털며 비탈진 산길을 돌아들었을 때, 이윽고 안개를 헤치며 뱃고동이 운다. 소년은 어지러운 경유냄새 퐁퐁 내뿜는 작은 여객선을 타고 낯선 도시를 향해 떠나고, 뒤에 남은 어머니는 한 자리에서 좀체 움직이지 않은 채 땀에 전 하얀 수건을 흔든다. 젖은 눈에 아득한 점으로 변한 어머니가 점점 사라져 없어지자, 소년은 이제 이 세상에는 오로지 나 혼자밖에 없다고 생각한다.

그 낯선 도시에서 소년은 조금씩 어머니를 잊어먹으면서 꿋꿋하게 제 힘으로 고학, 거친 세파를 헤쳐 나갔다. 도시생활은 으레 이런 것이려니 여기면서, 끝간 데 없는 고난과 갈증과 그리움, 외로움을 안고 그 도시의 수많은 길들을 비바람과 함께 내달렸다. 그리고 까닭모를 살의와 증오를 배웠다. 소년이 그 도시의 여러 사람들과 본격적으로 맞닥뜨리면서 가슴에 새긴 감정은 줄기차게 누군가를 '죽이고 싶다'는 것이었다. 실로 무서운 적개심과 혐인증이 어린 소년의 가슴을 가득 채우고 활활 불태웠다. 그리고 그같은 무서운 살의와 증오가 어느새 다름 아닌 자신을 향해 겨누어져 있다는 걸 조금씩 의식하기 시작했다. 그는 습관처럼 자신을 죽이고 싶었다.

야간 경비원 노릇으로 겨우겨우 대학을 다닐 무렵엔, 세상은 그런 대로 살 만한 가치가 있을지도 모른다는 자기최면 속에서 그는 그런대로 행복했다. 그래서 열심히 공부하고, 지난날의 과오와 헛된 방황과 망상들을 깊이 반성하고 참회하였으며, 배곯고 뼈아픈 고난 속에서도 알 수 없는 미지에의 꿈에 마냥 부풀었다. 철들면서 어른이 될 때까지 결코 따뜻한 밥 한 끼 한 식구들과 오순도순 제대로 먹은 적 없고, 따뜻한 온돌방의 솜이불 속에서 두 다리 쭈욱 펴고 편히 자본 적은 없지만, 그는 이제 더없이 착하고 성실한 본래의 자리로 되돌아와 있었다.

요컨대 인생은 오직 마음먹기에 달려 있으며, 밝고 깨끗하고 따뜻한 마음만이 거친 세상을 바꾸고 살기 좋은 쪽으로 변화시킨다는 걸 속 깊이 알아차렸다. 그래서 그는 지금껏 철저하게 그렇게 살았고, 사랑하는 아이들에게도 그렇게 가르쳤다. 새삼 다시 강조하거니와, 자신은 지금껏 남을 속이거나 못되게 해코지한 적이 없었으며, 오히려 너그러운 연민과 용서의 마음자세로 늘 자신과 이웃을 생각했었다!

그런데 이유 없이 벙어리가 되다니, 하고 그는 아득한 약기운 속에서 어렴풋이 눈을 뜨며 다시금 본능처럼 이를 갈았다. 그는 꿈속에서도 내내 가슴이 터질 것 같아, 베개를 꼬옥 끌어안은 채 배를 깔고 엎딘 자세로 온몸을 뒤척이는 중이었다.

그러면서도 문득 이상한 것은, 눈앞의 모든 사물이 하나같이 거꾸로 보인다는 사실이었다. 우선 그 자신이 방바닥이 아니라 엉뚱한 천정에 거꾸로 달라붙어 있다는 느낌이 묘하게 밀려들어 왔고, 재깍거리는 벽시계나 액자, 텔레비전, 서가의 책들, 책상과 의자, 쓰레기통, 달력, 전화기 따위가 여느 때와 다른 반대 방향으로 자리 잡고 있었다. 각도와 위치는 그전 그대로이되, 그 모양새는 모조리 거꾸로였다.

내가 엎디어 있어서 그런가, 하고 그는 곧 몸을 뒤집어 똑바로 누워 보았지만, 그래도 역시 마찬가지였다. 오히려 이런

전도轉倒 현상은 일상의 상식적인 개념 속으로도 어느새 침윤되어 확대 재생산되고 있었다. 가령 뾸난 세모꼴이 엉뚱한 동그라미나 네모로, 독한 술이 싱거운 물이나 보리차로, 혹은 따뜻한 커피 따위로 뒤죽박죽 뒤바뀌어 인식된다는 사실이었다. 이런 상념은 점점 비누거품처럼 부풀어, 결국에는 선이 악이 되고 사랑이 증오로 탈바꿈되는 희한한 지경에 이르렀다.

왜 착하고 선량한 의인은 일찍 죽는가?

정직하게 법을 잘 지키고 거짓말할 줄 모르는 사람은 왜 평생 힘들고 가난하게 살며, 그렇지 않은 교활하고 잔혹한 악인이 오히려 부당한 권력과 부귀를 맘껏 누리며 호의호식하고 오래 사는가?

그러므로 그에게서의 사랑은 곧 증오의 다른 이름이었다. 증오가 곧 사랑이었다. 그는 또 한 순간 느닷없는 살의를 느꼈다. 실로 누구에겐지 모를 무서운 살의가 비수처럼 뇌리를 찌르고, 온몸의 살을 뜯으며, 붉은 피를 들끓게 충동질하였다. 그는 끔찍한 그 살의를 잠재우기 위해 벌떡 문을 박차고 밖으로 뛰쳐나갔다.

그런데 거리의 사람들 역시 모두 화난 얼굴이었다. 뭔가 분하고 억울한 감정들을 한껏 이빨처럼 드러낸 채 어디론지 바삐 오가고 있었다.

부글부글 끓기 시작한 그들의 알 수 없는, 끓는 가마솥 같은 한숨소리는 계속 사방으로 번져 나갔다. 여기서 쉭, 저기서 쉬익식, 휘발유에 불길 번지듯 온 동네, 옆마을로 쉭쉭쉭 퍼져 나갔다. 가슴에는 화통 같은 구멍들이 뻥, 뻥뻥. 귀멀어, 눈멀어, 입도 그만 콱 막혀, 천근만근 한숨으로 쉭쉭쉭 뿜어 나갔다. 그들은 하나같이 속아도 이리 모지락스레 속아 왔는가고, 썩어도 이리 끔찍이나 썩을 수 있는가고, 가래침 탁탁 뱉으며 가슴 치고 하늘로 앙앙불락 삿대질하였다.

사람들이 거리를 가득 메우고 있다는 소문은 이내 꼬리의 꼬리를 물고 이 골목 저 지붕 위를 회오리로 쓸고 다녔다. 귀곡성 내지르는 한밤중의 몽달귀신처럼, 독립운동 설운 시절의 만주벌판 칼바람처럼, 동학의 들불처럼, 히로시마 버섯구름처럼, 끝 간 데 없이 치솟으며 타올랐다. 오뉴월 땡볕처럼, 천일염전의 소금처럼, 유황불처럼 들끓었다.

"이런, 이런, 이런, 이런, 이런……"

그래도 성이 안 풀려 억장이 탁 막히거나, 애먼 산소통에 불 질러 스스로 자살을 기도하는 이가 나타나는가 하면, 실실실, 실없는 웃음을 베어 물거나, 난데없는 쇼크를 일으켜 스르르 눈을 감거나 하는 이도 있었다. 그리고 또 어떤 이들은 가던 길 우뚝 멈추고 정신 나간 듯 사방을 두리번거리다가 '까스!' 하고 납작납작 엎드렸다. 손바닥으로 코를 감싸 쥔 채 꾸역꾸역 구역질을 해대기도 하고, 없는 방독면을 찾아 이리저리 미친년 널뛰듯 뛰어다니기도 하였다.

허, 도대체 이게 무슨 냄새냐?

타는 생고무와 장마철에 걸레 썩는 내가 한데 뒤섞인 듯한 매캐한 악취였다. 사람들은 온통 구역질과 두통, 생리통, 현기증에 시달리면서 웩웩웩 토해댔다. 그들은 저마다 겁에 질려 고개를 갸웃거렸다.

도대체 이것이 무슨 냄새냐? 또 그놈의 대형 화재? 도시가스 폭발?

쌓이고 또 쌓인 산 같은 쓰레기매립장이 와르르 무너졌다냐, 아니면 그 많고 많은 정화조 똥들이 몽땅 갈 곳을 잃고 흘러넘친 거냐?

사람들은 시청과 소방서, 손석희네 언론사에 빗발치듯 묻고 또 물었지만, 그 어느 곳에서도 시원한 대답을 던져주진 못했다. 그저 눈만 꿈벅꿈벅, 그 모두가 정체불명이요, 오리무중이었다.

허, 이것이 무슨 냄새냐, 미치고 환장하겠네!

어렵사리 방독면을 얻어 머리통에 뒤집어 쓴 사람들은 저마다 웩웩 토하면서 서로들 떼굴떼굴 눈알만 굴렸는데, 시궁창의 생쥐들마저 쪼르르 뛰쳐나와 이리저리 발광하다가 그만 물걸레처럼 축축 늘어졌다. 핵폭풍보다도 더, 메탄이나 똥보다도 더 더럽고 지독한 냄새가 천지에 진동하였다.

그때 하늘이 갑자기 어두워졌다. 난데없는 까마귀 떼가 산지사방을 뒤덮었다. 놈들이 쏟아내는 똥물이 소낙비처럼 쏟아져 내렸다. 그 냄새나는 똥물은 빌딩이나 상가, 주택의 창들을 한 순간에 커튼처럼 가로막고 죽살이로 더럽혔다. 사람들의 머리와 옷, 차량, 아스팔트와 전선 위를 가릴 것 없이 온통 까마귀 똥으로 물들였다. 허둥지둥 놀란 사람들의 비명이 아수라를 이루었다.

—훤한 대낮에 이 무슨 변괴냐!

—이 도시 한복판에 저 엄청난 까마귀 떼라니, 이거 세상 뒤집힐 조짐 아니더냐?

놀란 사람들은 마구발방 머리통을 감싸 쥐며 어디론지 도망치기에 바빴다. 그래도 까마귀들은 더욱 기승을 부려 떼 창으로 까악까악 울어젖혔다. 그 비릿한 똥냄새와 기분 나쁜 울음소리로 온 도시에 음산한 기운이 쫙 깔렸다. 뭔가 안 좋은 암상궂은 예감이, 금방에라도 불같은 태풍이 몰아칠 것 같은 분위기였다.

바로 그 시각, 그의 아내는 광화문 광장 한 귀퉁이에 서 있었다. 동료들이 단식하는 천막 앞이었다. 그녀는 아까부터 뚫어질 듯 탕수육과 짜장면 먹는 무리를 쏘아보는 중이었다.

정말 인심 고약한 불량 인간들이네!

아무리 입장 바꿔 생각해 보려 해도 도무지 이해가 되지 않았다. 아직 수습하지 못한 바닷물 속 억울한 원혼들을 물 밖으로 좀 건져내 달라고 정부에 탄원하는 게 뭐가 잘못된 일인가. 가라앉은 여객선만 끌어올리면 거기에 갇혀 수장된 사람들도 자연 뼛조각이나마 찾을 수 있지 않겠냐고, 아직 자식을 찾지 못한 몇몇 유족들은 그렇게 피골상접해 한숨으로 단식 농성 중인데, 어디선가 느닷없이 비아냥거리며 광장에 나타난 대여섯 명의 사내들은 여보란 듯 천막 가까이 둘러앉아 연신 야지랑스레 음식을 퍼먹고 있는 것이다.

그녀는 더 이상 참지 못하고 사내들 곁으로 결기있게 다가들었다.

“당신들도 사람이이에요?”

“이 아줌마가 왜 이래? 자유 배달민국에서, 중국집 배달시켜 먹는 게 뭐가 어쨌다고?”

“그것도 때와 장소가 따로 있는 법이죠!”

“웃기시네. 댁들도 더 이상 불쌍한 자식 팔아먹지 마슈!”

사내들도 결코 만만치 않았다. 아니, 그에서 한 걸음 더 나아가 ‘18원 모금함’이라 쓰인 종이박스를 들고 아예 천막 쪽으로 뛰어가는 도발도 서슴지 않았다. 오가는 행인들한테 보란 듯 그걸 천막 옆 길가에 놓고 돌아온 사내는, 먹던 중국음식을 마저 게걸스럽게 비우고 나서 일행과 함께 유유히 사라졌다.

그녀는 망연자실 아스팔트 바닥에 주저앉아 눈물지었다. 어디론지 사라진 사내들을 향해 혼자 넋두리했다.

“더러운 놈들, 더 이상 우리가 어쩌라고?”

“항쿡, 참 이상한 나라여요!”

하고 누군가 그녀 가까이 다가와 어깨를 툭 다독인다. 돌아보니 낯선 이국 청년이었다. 그녀는 주춤 눈물을 훔치고 어색하게 고개를 주억거렸다. 못된 사내들의 흔적을 흘깃 훔쳐보며 청년이 다시 말을 잇는다.

"저런 나쁜 인간들, 경찰은, 왜 잡아가지 않죠?"

"댁한테도 나쁘게 보였어요?"

"인격, 모독이잖아요."

"맞아요. 짐승만도 못한 것들이죠. 암튼 고마워요."

아랍인으로 보이는 이 낯선 이국 청년으로 해서, 그녀는 이내 분노와 우울을 조금씩 지워 없앴다. 그리고 맨바닥에 엉덩이를 깔고 앉은 그 청년을 따라, 그녀도 펑퍼짐하게 그대로 주저앉았다. 걱정스레 이쪽을 지켜보던 천막 동료들도 그제야 안심한 듯 저마다 제자리로 되돌아갔다. 검은 두 눈이 동그랗고 피부 가무잡잡한 아랍 청년이, 천막 앞에 짓밟혀 내팽개쳐진 '18원 모금함'을 턱짓하며 다시 말을 잇는다.

"저건, 더 나쁜 모욕이죠?"

"그래요. 아주 상스러운 욕설을 우리한테 해댄 거예요. 반드시 벌을 받을 거예요."

"항쿡, 참 이상해요."

"또 뭐가 이상하다는 거죠?"

"엄청나게 잘사는 나란데, 어떨 땐 사람들이 다 미친 것 같아요."

"네?!"

"미친 듯이 일하고, 미친 듯이 차 운전하고, 미친 듯이 술 마시고, 미친 듯이 노래하고, 미친 듯이 욕하고, 사람 죽이고, 미친 듯이 아파트 좋아하고……"

"어머, 한국인보다 더 한국을 잘 아시네? 어느 나라에서 왔어요? 이름은?"

"시리아에서 도망쳐 나왔어요. 죽을힘으로 지중해 건너 프랑스로 갔다가, 거기서도 4년을 숨어 살면서 미친 한국이 좋아 한국말 배우다가, 여기까지 왔어요. 이름은 앗사."

"앗사? 정말 이름도 멋지네요. 우리 한국인들한테 굉장히 희망을 안겨주는 이름이에요. 앗사!"

그녀는 참 오랜만에 웃음다운 웃음을 베어 물었다. 함께 미소 짓던 아랍 청년이 다시 부서진 18원 모금함을 턱짓하며 묻는다.

"그런데 왜 하필 18이죠?"

"지금 대통령의 정치인생이 18년 동안이어서 그래요."
하고 그녀는 얼른 그 의미를 통상적인 것과는 완전 달리해서 설명했다.

"자기 아버지도 18년이나 장기 집권했는데, 또 그 자식까지 18년. 둘이 합하면 36년으로, 일제 식민지하고 똑같아요. 그래서 우린 지금 제2의 광복운동을 벌이려는 거예요."

"우리 대통령도 지금까지 18년째 집권하고 있는데, 그 아버지까지 합하면 46년이나 돼요. 그래도 한국은 북한보단 낫지요? 거긴 3대째, 70년도 넘는다면서요?"

"앗사 역사 실력이 나보다도 낫군요."

그녀는 왠지 모를 수모와 열패감을 느끼면서 또 애매하게 웃었다. 외국에서 보는 한반도의 남쪽과 북쪽이 다 같이 이상한 웃음거리의 대상일 수 있다는 데 대한 자탄이었다. 아랍인이 다시 조심스레 입을 열었다.

"그렇게 꿈을 안고 항쿡 왔지만, 이제 다시 돌아가려구요. 무서워서 더 못 살겠어요. 미친 것까지는 참을 만한데, 요즘엔 너무 무서운 엽기사건들이 매일같이 일어나요."

"그래요. 맞는 말이에요. 하지만 조금만 더 참아보세요. 곧 좋은 세상이 올 거예요."

"정말, 그럴까요?"

그때 어디선가 떼까마귀 소리가 들렸다. 까악까악, 까악. 까마귀 떼는 점점 불어나며 광화문 일대를, 어스름이 깔리는 하늘 가득 새까맣게 뒤덮었다.

느닷없는 까마귀 떼의 소동이 조금 잠잠해지면서 똥과 악귀의 냄새도 참을 수 있을 만큼 가라앉자, 그는 비틀거리며 다시 일어나, 비로소 학교와 사랑하는 제자들을 다시 떠올렸다. 오늘은 어떻게든 사표를 내고, 정든 그애들과도 이별해야 하리라. 아무리 세상이 엉망으로 뒤얽히고, 사람들이 미친 듯 이상하게 행동하고, 내가 어처구니없는 벙어리가 되었어도, 나의 일터의 끝마무리는 더욱 당당하고 깨끗하게 처리해야 하리라.

그는 우선 교장실에 들러 미리 준비해 온 사직서를 제출했다. 교장은 이미 기다리고 있었다는 듯 동정어린 악수의 손을 내밀며 쓸쓸히 웃었다. 뭐라고 한마디 위로의 말을 지껄이고도 있었지만, 그 상투적인 말이 그의 귀에 들어 올 리는 만무였다. 다만 탈처럼 웃고 서있는 모습만이 크게 확대되어 눈앞으로 확 다가올 따름이었다. 그 역시 무슨 말인가를 해야겠다고 생각하면서도, 입은 좀체 마음먹은 대로 움직여지지 않았다.

웃음은 교무실의 동료 교사들 역시 마찬가지였다. 그들은 하나같이 웃고 있었다. 표정들은 거의 예외 없이, 그의 예기치 않은 불행에 대해 몹시 침울하고 슬프고 안타까운 기색인데, 입모양은 왜 저렇듯 설면하게 웃고 있는 것일까.

이같은 현상은 교실 안에서도 에누리 없이 되풀이 일어났다. 오랜만에 나타난 담임선생을 보자, 아이들은 일제히 박수를 치고 구순한 웃음꽃을 피웠다. 그런데 그중의 한 아이만은 책상 위에 이마를 쾅쾅 내리찍으면서 울부짖는 거였다. 평소에도 걸핏하면 난폭한 자해를 일삼는 터라서 도무지 어떻게 해볼 도리가 없는 문제아, 창검이었다.

그때 바다에 빠져 죽은 녀석이 왜 여기 다시 나타났지?

그는 환영의 허깨비를 날파람잡듯 건너다보고 있었다. 늘 애증에 사로잡혔던 제자를, 녀석의 귀신을 멍하니 맞닥뜨리고 있었다. 생전 학교수업 때 짐짓 잘못해 야단이라도 칠라치면 녀석은 자기 머리칼을 사정없이 낚아채 뽑아대거나, 열손가락의 손톱을 모조리 자근자근 씹어대며 물어뜯거나, 심지어는 선생이 지켜보는 앞에서 연필깎이로 자기 손등을 팍팍 찍어대는 짓까지 서슴지 않은 새끼 폭력배였으므로, 그는 아예 제자로 취급하기조차 싫어했던 터였다.

그런데 굴통이같이 그랬던 놈이 저리 슬피 울부짖다니! 비록 책상 위에 이마를 짓찧는 불량한 난폭성을 유감없이 보여주고는 있다 할지라도, 저것은 분명 자기 담임선생이 이유 없이 벙어리가 되었다는 사실에 격분하는 순진무구한 저항 행위가 아니고 또 무엇이랴. 그는 순간 눈시울이 뜨거워지는 걸 느꼈다. 슬픔이 북받친 그는 말없이 칠판 위에 이렇게 썼다.

—길은 없다. 그러나 결국 길은 있다.

어린 제자들과의 마지막 인사를 선문답처럼 휘갈겨 본 것인데, 거기에 후렴처럼 '안녕'이라고 덧붙이고 나서는, 더 이상의 망설임 없이 조용히 손을 흔들고 교실을 나섰다. 그리고 그는 곧장 딸애의 사진이 걸려 있는 기념실로 향했다. 그때 억울하게 죽은 제자들 사진도, 그애들이 평소 아끼고 애지중지하던 책가방이나 교과서, 공책, 연필 같은 물건들도 가지런히 전시돼 있는 곳이었다. 그 낯익은 것들을 하나하나 눈으로 쓰다듬고 나서, 그는 그리운 딸 앞에 섰다.

명미야. 미안하다. 내가 이렇게 돼서……

눈물이 절로 나왔다. 아랫입술을 잘근잘근 씹고 난 그는, 딸과 창검이, 많은 제자들의 원혼을 더 이상 어떻게 달랠 길

없는 자신의 무능이 한탄스러웠다. 창검이 쪽으로 걸음을 옮기는데, 가볍게 웃고 있는 사진 속의 창검이가 말했다.

선생님, 걱정 마세요. 제가 대신 복수해 드릴게요.

짜식! 빈말이라도 고맙구나.

그는 힘없이 웃으며 돌아섰다.

하지만 이건 또 무슨 조화 속이랴. 집에 돌아온 그날 밤, 때아닌 전화벨 소리가 울려 그 송수화기를 귀에 갖다 댔던 것인데, 전화기 속의 웬 변성기 소년의 음성이 놀랍게도 창검이가 아닌가.

아니, 이게 무슨 일이야?

그는 한동안 무엇엔가 홀린 듯 어리벙벙 정신을 차릴 수 없었다.

창, 검, 이, 니? 내, 말, 들, 려?

네, 선생님, 아주 잘 들려요.

정말, 들린다구? 내 말이?

그럼요. 아주 잘 들린다니까요. 그런데, 참! 제 말도 잘 들리세요?

창검이는 여전히 믿기지 않는다는 반신반의의 목소리이다. 잠시 뜸을 들인 후, 더듬거리는 어조로 그애가 제법 어른스레 계속했다.

암튼 기적이네요, 선생님. 그나마 얼마나 다행이냐구요. 모든 게 기계적으로 움직이는 세상이잖아요. 저도 기계적으로 짤렸어요.

짤린 게 아니라, 운이 나빠 그리 된 건 아니고?

학교가 죽었어요. 전 복수하고 말 거예요.

복수? 아냐, 그런 나쁜 마음 갖는다는 건 어쨌든 옳지 않은 일이야. 학교에서도 피치 못할 사정이 있었지. 가만, 복수는 누굴 두고 하는 말이지?

누군 누구예요, 맨날 거짓말만 일삼는 어른들이죠. 어른들은 거의 대부분 자신이 내뱉은 약속을 지키지 않아요.

그럼, 그 어른들 속에, 나두 포함되니?

포함시킬 수도 있지만, 저처럼 억울한 분이니까 선생님은 봐드리죠. 하지만 거짓말하는 건 선생님도 마찬가지예요.

어, 어째서?

속으로는 저보다도 훨씬 더 많이 복수하고 싶으면서, 꾹 참고 계시니까요. 아님, 용기를 못 내니까요.

하지만 난 복수 따윈 생각해 본 적이 없어. 다 내가 지은 업보인데, 뭐. 누가 누구에게 복수를 할 수 있겠니? 복, 수는……

그리고 그는 더 이상 말을 이어 나갈 수 없었다. '복수'라는 낱말에 너무 무거운 힘을 실었던 탓일까, 그만 목이 탁 막히고 납덩이처럼 혀가 굳어지는 거였다. 이쪽의 그런 딱한 사정은 알 바 없이, 창검이가 태연스레 내뱉는다.

전, 총을 구할 거예요. 소리 나지 않는 투명총을요. 남대문 도깨비시장에 가면, 없는 게 없어요.

제발, 그런, 엉뚱한……

제 복수가 끝나면, 나쁜 어른들을 하나씩 소리 없이 점잖게 없애고 나면, 그 총을 선생님한테도 빌려 드리죠. 총은 거짓말을 안 하거든요.

창검이의 장담은 사실 그대로, 거짓 없는 현실로 나타났다. 그 이상한 전화통화가 있고 난 지 일주일쯤 지났을까, 아침신문을 비롯한 방송 매체들은 하나같이 아주 해괴하고도 야릇한 살인사건을 다투어 보도하고 있었는데, 그 사건의 전후 사정이나 얼굴 없는 가해자의 공격 방법으로 미루어 보았을 때, 범인은 분명 창검이가 틀림없었다. 길 가던 한 경찰관이 느닷없이 쓰러져 죽었다는 거였다. 검붉은 심장 한복판을 콩알보다 조금 더 큰 총알이 관통했는데, 주변에서 그 총소리를 듣거나 총 쏜 사람을 본 이는 아무도 없다는 거였다.

이틀 후에는 거짓말을 밥 먹 듯하는 대통령궁 대변인이 슬그머니 사살되었다고 했으며, 그 며칠 후에는 재판정에서 열나게 피고를 신문하던 어느 정치검사가 그 자리에서 즉사했다고 했으며, 그 다음 날엔 교회에서 강론하던 어떤 극우파 사이비 목사가, 또 다음 날엔 육교 위를 걷던 대통령 호위무사 여당 국회위원이, 또 그 다음 날엔 어느 백발의 변호사가, 그 다음다음 날엔 재미없는 기사를 맛있게 잘 요리해 쓰기로 소문난 친미파 신문기자가, 또 다른 어느 날엔 거액의 세금포탈 혐의를 받는 어느 재벌 회장이 강남의 한 고급 술집에서 거짓말처럼 앞으로 푹 고꾸라졌다는 거였다.

이 끔찍하고도 이상하고 흉흉한 살인사건의 소문은 삽시간에 꼬리의 꼬리를 물고 산지사방으로 퍼져 나갔다. 사람들은 누구라 할 것 없이 공포에 사로잡혔으며, 언제 또 자신이 불의의 습격을 당할지 모른다는 우려감에, 극도로 외출을 삼가거나 문들을 꽉꽉 걸어 잠그거나 사설 경호원을 채용하는 등의 특별 방어책을 강구하기에 여념이 없었다.

그 역시 그런 총을 갖고 싶었다.

그러나 그날 해질녘 아내의 손에 이끌려 광장에 처음 나갔을 때, 까마귀 떼보다 더 많은 촛불을 보고 그만 그 간절한 소망을 싹 지워 없앴다. 뭔가 엄청난 천지개벽이, 총보다도 더 무섭고 확실한 시민혁명이 곧 현실로 이루어질 것 같아서였다. 광장 가득 모여든 군중들은 거대한 해일의 쓰나미를 일으켜, 지금껏 마음속으로만 남몰래 품어왔던 함성을 목청껏 외치기 시작했다.

"아, 아, 아!"

처음엔 그냥 등산객이 오른 인왕산 산정山頂의 외마디처럼 단순한 함성이었다. 그도 아내를 따라, 그리고 촛불 든 군중을 따라 매우 단순하게 소리를 내질렀다. 길게 심호흡을 한 다음, 아랫배에 잔뜩 힘을 집어넣고 아, 소리만 목청껏 질러댔는데,

"대통령은 물러나라!"

이런 절규로 군중들의 함성이 급변하는 것과 때를 같이해서, 그의 벙어리 냉가슴도 일시에 확 터져 나갔다. 어느 날의 까닭 모를 입의 족쇄가 한꺼번에 풀리는 순간이었다.

# 무서운 꽃비

—2028년, 코리아연방공화국

욕실 타일 바닥에 쩌억 금이 간다. 그리고 수많은 개미떼의 행렬. 언제 어디로 해서 이 욕실에까지 저 수많은 개미들이 기어 들어왔단 말인가. 나는 거의 경악에 가까운 외마디를 내지르고 말았다.

"아니, 이게 뭐야? 이거, 왜 이래!"

두어 차례 하늘과 땅이 뒤엎어지듯 세차게 흔들리고 난 뒤끝, 너무나 순식간에 일어난 일들이었다. 소나기로 쏟아지던 샤워기마저 다 누어버린 오줌줄기처럼 똑, 똑, 똑 방울져 잦아들고 말아, 나는 마른수건으로 물에 젖은 몸 닦을 겨를도 없이 황급히 밖을 향해 소리쳤다.

"여보, 어디 있어? 이게 무슨 일이지?"

"어, 어, 어, 어……"

끙끙 앓는 신음 같기도 하고, 뭔가 절박한 위기 속에서 애타게 구조를 요청하는 소리 같기도 한 웅얼거림이 아내의 대답 대신 들려왔다. 거대한 물너울에 휩쓸린 듯한 어지러움이 다시 한 번 나를 요동쳐 흔들고 지나갔다. 어디선가 우지끈, 고목이 쓰러지는 소리가 들렸고, 곧 이어 천둥, 벼락 치듯 고압선 터지는 소리도 불나게 뒤따랐다. 그와 동시에 집 안팎의 전기불이 일시에 확 나가버린 것도 물론이다.

급히 팬티를 걸친 나는 화들짝 문을 열고 용수철처럼 거실로 뛰쳐 나갔다. 아닌 게 아니라, 현관 앞에 기우뚱 널브러진 아내는 상기도 반쯤 뒤틀린 문짝 모서리를 붙잡고 일어나려 한창 낑낑대는 중이었다. 새파랗게 질린 얼굴로 힘들여 나를 돌아다본 아내는,

"방금 전, 뭔가 엄청난 게 나를, 우리 집을 뒤흔들고 지나갔어요. 그게 뭐지, 여보? 이 문짝을 부수면서, 땅바닥을 가르면

서, 전봇대 변압기를 폭파시키면서 용처럼 지나간 게 뭐지?"

도무지 현실로서는 믿기지 않는다는 표정으로 어렵사리 중심 잡아 일어섰다. 이리저리 허둥대던 나는 달구치듯 소리쳤다.

"지진이야!"

"지, 지진?"

"그래, 지진이야. 암튼 큰일났군. 더 큰 놈이, 더 무서운 진짜 지진이 또 곧 닥쳐올지 모르니까, 빨리 식탁 밑으로 들어가라구."

"아니, 식탁 밑에 있다가 지붕이 폭삭 무너지면 어떻게? 집 바깥이 더 안전하지 않을까?"

"그, 그런가? 그, 그럼, 밖으로 나갈까?"

우리는 거의 넋이 나간 듯 우왕좌왕이었다. 아무리 그래도, 지금 당장 지구의 종말이 온다 할지라도, 겨우 팬티만을 걸친 천둥벌거숭이만은 온전히 가려줘야 할 거였다. 나는 서둘러 그 위에 주섬주섬 보이는 대로의 겉옷가지를 덧입고, 그리고 아내의 손목을 그러쥔 채 현관 밖으로 달려 나갔다. 집에서 5백 미터쯤 떨어진 지하철 역사의 지하 대피소를 찾아갈 작정이었다. 그 옆에는 또 즐겨 단골이다시피 다니는 대형

마트까지 잇대어져 있어서, 비상시의 피난처로는 여러 모로 안성맞춤일 것 같았다.

거리는 이미 아수라장이었다. 놀라 뛰쳐나온 사람과 차량들로 가득 넘쳐났는데, 그 중에서도 가장 갈 길이 바쁜 불자동차와 병원 응급차, 한전시설 복구차량들까지 한데 뒤엉켜 그들이 내지르는 새된 경적 소리가 허공을 찌를 듯하였다. 도로 자체가 완전 주차장으로 돌변해 버렸다. 우리는 차를 끌고 나오지 않은 걸 천만 다행으로 여기면서 냅다 전철역 쪽으로 내달렸다.

"내, 이럴 줄 알았어. 이럴 줄. 오늘 같은 날이 올 줄, 내 진즉에 알아 보았다구."

무릎 관절이 안 좋은 아내는 한 쪽 다리를 절뚝거리면서 무슨 주문처럼 연신 혼자 중얼거리기에 바빴고, 한증탕 같은 무더위와 여진에의 공포에 질린 나는 온몸을 파김치마냥 적시는 비지땀 훔쳐내기에 정신없었다. 앞뒤, 옆에서 함께 내달리는 다른 사람들로 해서, 우리는 가만히 서있어도 자연스레 목적지로 휩쓸려 갈 수 있을 것 같았다.

아닌 게 아니라, 아내의 푸념 섞인 넋두리는 하나도 틀려 보이지 않았다. 이즈음 들어서의 귀살쩍은 기상이변만 해도 진정 불유쾌하고도 불길한 예감을 절로 불러일으키기에 충분했다. 꽃 피고 새 우짖는 봄과 가을은 어느 사이 온데간데없어지고, 오로지 긴 여름과 겨울의 두 계절만으로 좁혀진 것도 이상한데, 올 여름의 장마는 유난히도 일찍 시작되어 일단 퍼부었다 하면 의례히 폭우요, 대홍수였다. 그런데 그 긴 물벼락의 장마 끝나기 바쁘게, 이번에는 실로 무서우리만큼 끔찍한 무더위가 찾아든 것이다.

사람들은 너나없이 아우성쳤다.

이거, 더워서 미치겠구만. 불의 심판이 다가온 게 틀림없어!

목욕탕의 뜨거운 물이거나 자신의 몸 속 체온쯤의, 섭씨 38도를 오르내리는 가마솥 폭염에 사람들은 헉헉 숨을 몰아쉬면서, 속절없이 쓰러져가거나 누군가를 문득 죽이고 싶은 충동에 사로잡혔다. 일사병으로 죽어 넘어진 사람만도 벌써 수백 명에 이른다고 했다. 살인 무더위로 죽어 나자빠진 목숨은 단지 사람만이 아니었다. 안 그래도 긴 장마에 축축 늘어져 짓뭉개어진 농작물은, 이번엔 정반대의 불볕에 사그리 말라비틀어지고 뿌리째 녹아 없어졌다. 소나 돼지 등의 가축들 또한 지난 구제역 때의 떼거리 생매장 못지않은 살풍경으로 목말라 죽거나 기진맥진 병들어 죽어갔다.

사람들은 놀라 두리번거리며 말했다.

정말 말세가 가까워졌나 보다. 하늘땅이 뒤엎어지려고 환장했나 봐.

모든 걸 불로 태워 죽이면 우린 앞으로 뭘 먹고 사나? 모든 먹을거리가 씨가 마르겠네!

이러다가 저 이글거리는 태양이 폭발해버리면 어쩌지?

아니, 아무래도 지구별이 수상해. 온 세계가 엄청난 기상이변에 휩쓸려 허덕이는 걸 보면, 땅 밑에선 지금 멸망의 불덩이가 타오르는 게 분명해!

사실이 그랬다. 조금 과장된 표현인진 모르나, 이즈음의 저 국제경찰 미국 쪽 사정만 눈여겨 보더라도 보통 심각한 게 아니었다. 토네이도와 합세한 거대한 모래폭풍이 드넓은 밀밭, 옥수수밭은 물론 기름이 펑펑 터져 나오던 유전지대까지 초토화시켜 수많은 인명 피해와 농지 황폐화, 검은 황금의 원유 생산마저 싹둑 막아 버렸음에랴. 거기에 우리보다 훨씬 더 뜨거운 불볕 폭염이 한 달 이상이나 미국 전역을 뒤덮어, 거의 모든 경제활동이 멈춘 상태이다. 안 그래도 천문학적인 나라 빚에 숨통이 막혀 국가부도에 허덕이고 있는데, 울창했던

서부 쪽 산들은 쏟아지는 불볕에 절로 불이 붙어 사방으로 타들어 갔다. 살갗이 타고 숨 막혀 죽은 사람이나 가축의 숫자를 일일이 헤아릴 수 없을 정도였다.

그래서 그들은 진정 간절한 염원으로 하늘만을 쳐다보았다. 제발 비를 내려 주십시오. 물이 이렇게 귀한 줄, 고귀한 생명과 맞닿아 있는 줄 미처 몰랐나이다.

오, 주여, 빗줄기여, 하고 빌고 또 빌어대는 사람들은, 비단 콧대 높은 미국인에게만 해당되는 것은 아니었다. 그동안 오랜 가뭄으로 쩍쩍 강물이 말라버린 아프리카나 중동 쪽은 말할 것도 없거니와, 온 땅이 급격한 사막화로 치닫고 있는 중앙아시아 일대도 애타게, 목 빠지게 비를 기다리는 건 마찬가지였다.

한쪽에서는 이리 무서운 폭염과 가뭄의 지옥에 시달리는데, 중국에선 또 때 이른 물벼락으로 산사태가 나고 황하가 검붉게 넘쳐났다. 사람과 닭과 돼지가 불어난 강물에 떼거리로 쓸려 내려갔는데, 특히 중국의 남쪽 해안지역은 가까운 바다에서 터진 지진으로 해일이 발생, 밀고 올라온 그 쓰나미와 범람한 강물이 한데 뒤엉켜 수많은 마을과 도시들을 덮치고 폐허화시켰다는 소식이었다.

어디 그뿐인가. 지금껏 독립운동을 벌여온 티베트와 신장 위구르자치구의 지방정부가 그들 소수민족에게 함락되었으며, 이런 물난리와 내전 상태의 지역분쟁으로 공권력이 흩어진 틈을 이용한 민주화 저항세력은, 그동안 참고 참아온 불타는 혁명의 횃불을 높이 치켜들었다고 했다. 그게 바로 오늘 아침의 긴급뉴스였는데, 지금은 도대체 중국의 그런 급변 사태들이 어떻게 진행되고 있는 것일까.

불행은 한꺼번에 파도처럼 몰려온다는 말에 걸맞게, 일본 쪽의 재앙은 이보다도 훨씬 더했다. 도쿄 한복판에서 대형 지진이 일어나고 그 여파로 후지산까지 폭발, 일본열도가 온통 쑥대밭 된 게 불과 닷새 정도밖에 안 지났는데, 이번에는 히로시마의 원자폭탄보다도 수천 배 이상의 초대형 태풍이 그 어마어마한 위력을 남태평양에서부터 천천히 밀어붙이며 올라오고 있거니와, 모레쯤에는 일본 전역을 직격으로 강타한다는 섬뜩한 일기예보였다. 그 아나운서는 또 이렇게 덧붙였었다.

"일천오백 밀리미터의 엄청난 호우까지 동반하고 있어서, 일본은 그야말로 침몰 일보 직전에 놓여 있는지도 모르겠습니다. 이에 비하면 17년 전에 일어났던 동북대지진 때의 쓰나미는 정말 아무것도 아닐 듯합니다."

그래서 그 태풍이 몰고 오는 저기압이 한반도 상공에서 맴도는 북태평양의 고기압과 맞부딪쳐, 애먼 우리나라가 이리 호된 찜통더위에 시달리고 있다는 거였다.

그런데 왜 지진과는 거리가 먼 이 땅에, 그것도 서울의 한 모서리를 세차게 훑고 지나갔는가?

알다가도 모를 일이라고 혼자 고개를 가로저으며 전철역에 도착해놓고 보니, 예상했던 대로 그곳 역시 아수라장이었다. 열병합발전소의 일시 가동 중단에서 비롯된 단전斷電 때문에 전동차는 꼼짝없이 제 자리에 멈추어 섰고, 갈 곳을 모르는 사람들은 여전히 이리 몰리고 저리 쏠리며 가년스레 허둥대는 중이었다. '진도震度 6,5' 정도의 지진임에도 엿가락처럼 휜 철로나 폭삭 무너진 고층 빌딩은 없었지만, 일부 도로와 땅이 갈라지면서 빌딩 유리창들이 흩날리고, 한 건축 공사장의 크레인이 넘어져 몇몇 사상자가 생기고, 그 옆의 주택가에 화재까지 발생했다는 소문이 돌자, 사람들의 심리적 공황상태는 거의 전쟁 직전이나 다름없었다.

그런 혼란의 와중에서도 아내는 어느새 지상의 역 광장까지 뱀처럼 길게 이어진 한 줄서기의 맨 뒤로 얼른 합류했다. 무슨 일인가 했더니, 옆 건물의 대형마트로 물건 사러 들어가는 줄이었다. 나도 아내 옆에 엉거주춤 따라 붙으며 말했다.

"잠깐 스치고 지나간 지진 때문에, 우리마저 이 난리를 피워야 돼?"

"또 올지도 모르잖아요. 유비무환, 잊었수?"

"암튼, 우리도 의식 수준이 꽤 높아지긴 했군. 비상시에 줄서기까지 다하고!"

"구입량도 다 정해졌대요. 품목은 많아도 상관없지만, 그 양은 뭐든 일인일개씩. 그러니까 당신도 줄에서 이탈하지 말아요."

"허, 참. 자라 보고 놀란 가슴 솥뚜껑만 봐도 놀란다더니, 원."

그러나 그렇게 기를 써서 사온 생수와 양초, 라면, 진공포장 밥, 밑반찬, 여러 가지 통조림, 우유, 과자, 손전등 따위를 한 가득 사 안고 집으로 돌아왔을 때, 그 진가는 곧 드러났다. 전기가 들어오지 않는 집 안에서의 생활은 과연 절망 그 자체였는데, 그나마 어렵사리 구입한 비상식량의 존재감만으로도 우리는 충분히 배가 부를 수 있었던 것이다.

사정이 이러함에도 전기 없는 세상은 정녕 어둠과 불편의 질곡이었다. 울화와 답답함이 점점 극한으로 치달았다. 끊어진 전기가 언제 들어오느냐고 한전에 전화를 걸었지만, 나와 똑같은 항의성 문의가 빗발치는지 그쪽으로의 전화 연결은 아예 먹통이었다.

우선 시급한 게 물이었다. 전기가 나가면 수돗물도 함께 끊어진다는 사실을 나는 그제야 퍼뜩 알았다. 미리 알고 있었으리라 여겨지는 아내도 뒤늦게 생각났다는 듯,

"아, 참. 생수를 더 구해야 돼. 당신, 나가서 동네 수퍼들을 죽 훑으라구요. 보이는 대로, 응? 어서요."

닦달해 나를 다시 밖으로 내몰았다. 그러나 생수는 이미 바닥난 곳 일색이었다. 겨우 4리터짜리 두 병을 사들고 오면서, 대장균 득실거리는 산밑 약수터에도 벌써 장사진을 이루겠군, 하고 나는 생각했다.

물이 없어 더욱 고약한 건 화장실 변기 처리였다. 명색이 수세식인데 속 시원한 물로 쏴아 씻어낼 수가 없으니, 이 얼마나 황당하고 냄새 진동하는 더러움이랴. 그 많은 아파트와 호화주택들이 다 이와 같다고 가정했을 때, 단 며칠만이라도 전기가 완전 공급되지 않는다면 세상 모두가 진정으로 '분통

糞桶' 터지고 말 터였다.

그 다음으로 절박한 문제는 냉장고였다.

"차라리 문을 열어놓는 게 낫지 않을까? 공기가 외부로 통하게 말이지."

음식물이 급속히 부패할 것을 걱정한 내가 말했고,

"하루이틀 정도는 그대로 놔두는 게 좋아요. 갇힌 냉기가 밖으로 새나오지 않도록, 오히려 문 열기를 자제하면서."

아내는 경험 많은 주부답게 차분히 말했다. 그럼에도 불과 반나절이 지났을 뿐인 냉장고 안은 뭔가 예사롭지가 않았다. 훅훅 찌는 무더위의 바깥 열기 탓인지 김치 따위의 발효식품에선 벌써 시큼털털한 냄새가 나기 시작했으며, 내면 여기저기에서 작은 기포들이 소름처럼 돋아 나왔다.

그보다도 더 가슴 답답한 것은, 모든 전자제품이 다 함께 숨을 멈춰버렸다는 데 있었다. 선풍기와 에어컨은 물론, 텔레비전이나 라디오, 전기밥솥, 세탁기, 청소기, 컴퓨터, 집전화기…… 문명 세계와의 완벽한 단절이었다. 집 안팎의 문들은 다 활짝활짝 열어놓고 부리나케 부채질하던 아내가 내뱉었다.

"전쟁 끝내기 정말 간단하겠구먼. 원자력발전소를 포함한,

발전소란 발전소는 모조리 골라가면서 집중 폭격하면!"

"암은, 그러면 꿩 먹고 알 먹는 격이지. 원자력발전소를 폭격하면 원자폭탄을 따로 떨어뜨리지 않아도 그만한 효과를 톡톡히 맛보면서, 어둠에 갇힌 시민들의 숨통을 동시에 조일 수 있으니까."

나도 할랑할랑 부채질하면서 맞장구쳤다. 그리고 저 푸른 날, 전기가 없이도 충분히 행복할 수 있었던 때를 아득한 그리움으로 떠올렸다. 잔뜩 그을음이 낀 정주간에서 끼니때마다 일일이 아궁이에 불 지펴 가마솥에 밥을 지어먹으면서도 아무런 불편함을 몰랐고, 석유냄새 폴폴 풍기는 호롱불 밑에서도 어둠이 어둠인 줄 모른 채 책을 읽었었다. 항아리나 오지그릇에 보관해도 상하지 않을 장醬이나 젓갈, 밑반찬 따위 외에는, 그때그때 꼭 식구들이 먹을 만큼씩만 조리해 먹곤 해서 오히려 요즘보다 더 신선하고 건강한 자연식을 섭취할 수가 있었으며, 그러고도 남는 음식이나 식재료는 함지박 가득 찬 샘물을 채워놓고 거기에 그것들이 담긴 통들을 둥둥 띄워 놓거나 졸졸졸 흐르는 실개천 한 모서리에 그냥 슬쩍 담가 두어도, 사방이 꽉 막힌 캄캄한 냉장고 같은 건 전혀 상상할 필요가 없었다.

어디 그뿐인가.

찌는 듯 무더운 한여름이면 시원한 대청마루, 혹은 원두막에 나가 반 벌거숭이로 수박 먹으면서 부채질하고, 시리도록 찬 물에 등목하거나 마을 뒤 숨은 계곡, 혹은 넘실대는 바닷물에 첨벙 뛰어들면 그것으로 그만이었다. 듣고 싶지 않은데 들리는 바깥세상 이야기는 찍찍거리는 휴대용 라디오 한 대면 충분했고, 그것마저 없던 그전 시대에는 그냥 아무것도 듣지 않고 지내도, 떠도는 소문이나 육필 편지, 쓸데없는 풍문만으로도 가슴 두드릴 만큼 답답하거나 심심치 않게 한 세상 즐겨 살아냈다.

나는 내친 김에 아내한테 다짐 받는다.

"시골 내려가 사는 거, 당신도 이제 결심할 수 있겠지?"

"또 그 소리우?"

"거기 가면 전기가 나가도 아무 불편 없이 살 수 있고, 수돗물이 끊어져도 그보다 훨씬 깨끗하고 순수한 생수를 맘껏 마실 수가 있잖아. 이리 숨 막힌 도시공해에서 훌쩍 벗어날 수도 있고."

"……!?"

"수구초심首丘初心이라구, 여우도 죽을 때면 지 태어난 쪽으로 머리를 돌린다잖소. 거기가 비록 고향은 아니지만, 내 조상님이 묻혀 계신 이북하고 젤 가깝단 말야. 애들 다 시집 장가갔구, 이제 늙어가는 우리 둘만 달랑 남았는데 망설일 게 뭐 있어? 하루라도 빨리 가자구."

지난해 강원도 최북단 산골에 마련해 둔 빈집을 두고 이르는 말이었다. 부모님 다 돌아가신 뒤, 아버지의 고향인 청진과 조금이라도 더 가까운 땅에 우리의 마지막 둥지를 좀 틀어볼까 해서 새로 장만한 폐가였다. 어느 해던가, 금강산 여행이 자유로울 때 이 길목을 오가던 나는 문득 살아생전의 아버지의 소원(죽은 다음에라도 꼭 고향인 청진에 묻히고 싶어 한)을 떠올리고, 그리고 나 역시 묘하게도 북한과 인접한 이곳에 마음이 끌려 간성읍에서도 한참을 더 들어간 그 오지를 냉큼 찾아들었던 것이다. 거의 방치되다시피 한 폐가일망정 동네 소개꾼의 도움을 받아 작은 너와집을 서둘러 구입해놓고 보니, 나는 그렇게나 뿌듯할 수가 없었다. 설사 아내가 동의하지 않는 나 혼자만의 거처라 할지라도, 산과 바다의 정취를 동시에 즐길 수 있는 한적한 공간에서, 맘껏 책 읽고 글 쓰고, 작은 채마밭까지 운동 삼아 가꿀 수 있는 조건임에랴. 그래서 우리 부부는 거기 내려가 사는 문제로 벌써 몇 달째 밀

고 당기는 입씨름만 습관처럼 이어오던 터. 지진이 터진 오늘 따라 내 눈빛이 한결 유난스럽고도 긴절했던지,

“당신은 지금도 거기 오가는 거 자유롭잖아요. 그렇게 수시로 오가면서 별장처럼 가꾸시구랴. 그럼 나도 내킬 때 가끔씩 따라가 머리 좀 식힐 테니까.”

아내는 못 이기는 척 슬그머니 절반 정도 승낙하고 나선다. 그 반쯤의 어중간한 고갯짓이면, 아내의 평소 상투 어법으로 봐 이제 거의 다된 밥이나 마찬가지인 셈이었다. 나는 은근히 신명이 나서 부채질 속도를 더욱 빨리하며 눙쳤다.

“거기 가면 말이지, 우리 사는 방식은 완전히 한 백년쯤 전으로 되돌려 놓자구. 아니, 2백년 정도는 더 뒤로 돌아가야 할까? 그래야 공해 없는 조선시대의 삶을 누릴 수 있을 테니까. 교통편은 말이나 당나귀, 우마차를 이용하고, 땔감도 나무나 풀, 숯 정도로 자족하면, 이산화탄소로 뒤덮인 도시 공기가 얼마나 청정해지겠어? 저 하늘에 뻥뻥 뚫린 오존층도 다시 회복될 거구 말이지.”

“당신은 다 좋은데, 그 터무니없는 이상주의가 탈이에요. 이미 문명의 이기에 중독돼버린 현대인들이 그런 비현실을 온전히 받아들일 수 있을 것 같애요? 당신이 그러면 난 안

가!"

"아니, 아니, 말하자면 그렇다는 얘기지, 뭐. 방금 지껄인 비현실은 내 당장 취소할게. 응?"

"내 참, 못 말려."

"그나저나 이놈의 전기는 언제 들어오나?"

그날 밤 해가 진 뒤에서야, 일시 생명줄을 놓았던 전기는 가까스로 저마다의 집으로 다시 들어왔다. 그래도 응급처치 능력이 뛰어난 대한민국 한전시설 복구팀 덕을 톡톡히 본 셈이거니와, 진정 놀라운 신천지를 새로 맞이하는 기분이었다. 불과 하루  낮 동안의 단전의 고역이 이처럼 큰 기쁨을 안겨 줄 줄이야!

우리는 다시 방마다 환히 전등을 켜고, 냉매가 슬슬 풀려가던 냉장고도 부리나케 다시 돌리고, 황금색 오줌이 한 가득 차있던 화장실 변기 물을 좌악 내리고, 양손에 움켜쥔 에어컨과 텔레비전 리모컨을 거의 동시에 눌렀다. 그러자 거짓말처럼 잃어버렸던 하루치의 일상이 다시 정상으로 재빠르게 되돌아왔다. 텔레비전 속의 과학 전문기자는 이렇게 설명했다.

"……불의 고리가 맹렬한 활동기에 접어들었다는 증거입

니다. 호주와 뉴질랜드에서 시작된 이 태평양상의 불의 고리는, 동남아의 인도네시아와 필리핀 등지를 거쳐 남중국해와 우리 한반도, 일본을 통과합니다. 그리고는 다시 미국 서부 쪽으로 방향을 틀어 캘리포니아와 중남미까지 그 영향을 미칠 것 같습니다. 실로 방대한 해역을 끼고 이 운명적인 불의 고리가 형성되어 있는데, 어젯밤 알래스카에서 터진 화산분출이나 남중국 해역에서의 지진에 이은 해일, 오늘 아침 한반도 중심부를 강타하고 간 지진도 다 이 불의 고리가 본격적으로 움직이고 있기 때문입니다. 문제는 앞으로 언제, 어디서, 무슨 재앙이 어떻게 일어날지 아무도 모른다는 데 있습니다. 우리의 영산인 백두산도 며칠 전부터 이상한 조짐이 계속 관측되는 바, 남북한 행정 당국은 물론 국민들의 각별한 관심이 요구되는 때입니다."

"뭐, 백두산까지?"

마침내 올 것이 오는 건가, 하고 나는 바짝 귀를 곧추세웠다.

그러나 화면은 이내 다른 진행자의 얼굴로 바뀌면서, 급박하게 돌아가는 '중국사태'를 클로즈업시켰다. 전기가 끊어진 동안 내가 그토록 끙끙 앓다시피 궁금해 하던 소식이었는데,

놀랍게도 베이징의 천안문 광장이 도도한 민주화 운동의 피의 깃발로 붉게 물들어 있었다. 혁명은 거의 결정적 성공 단계로 접어드는 모양이었다. 그만큼 진압군의 총과 칼에 쓰러지고 탱크에 짓깔려 죽은 희생자도 많이 발생했다는 얘기가 되겠는데, 지금도 여전히 들려오는 화면 속에서의 그들의 외침은 이러했다.

—일당독재 물러나라, 공산당을 쳐부수자.

—인민의 대표는 우리 손으로, 중국 민주주의 만세!

—인민의 기본권과 언론자유를 보장하라.

—저희끼리만 잘사는 특권층을 배격한다.

이밖에도 그들이 피로써 요구하고 쟁취하려는 혁명과업은 수없이 많았다. 오랜 세월 동안 대추방망이 같은 공산당한테 온갖 통제와 간섭으로 억울하게 억압받으며 살아온 데 대한 분노가 갇혀 있던 활화산이나 거대한 봇물처럼 한꺼번에 터져버린 결과로서, 한번 터진 이 재스민혁명의 불길은 이제 도저히 그 어떤 무력으로도 막을 수 없고 되돌릴 수 없는 대세로 보였다. 텔레비전 속의 해설의원은 또 이렇게 말했다.

"이번 중국혁명의 성공 요인은 무엇보다도 중국 전역에서 급속도로 발전과 보급을 거듭해 온 인터넷 사이트 덕분이라

판단됩니다. 스마트폰이나 트위터를 비롯한 온갖 전자정보에 의해, 젊은 대학생들과 농민공農民工을 포함한 도시 근로자들이 베이징과 상하이를 포함한 전국 23개 주요도시에서 동시다발적으로 한꺼번에 들고 일어난 것입니다. 심지어는 신장위그루 사태를 막으러 간 진압군은 그 총부리를 정부 쪽으로 돌렸고, 남중국해의 쓰나미 피해 지역으로 긴급복구 지원차 파견 나갔던 군대조차 이 거대한 민주화 물결에 합류했다고 합니다.

이 재스민혁명이 일어난 이유는 다른 데 있지 않습니다. 우선 빈부격차가 너무 심하다는 것입니다. 공자는 일찍이 '부족함을 걱정하지 말고 고르지 못함을 걱정하라' 했는데, 오늘의 중국 현실과 너무도 딱 들어맞는 말이 아닐 수 없습니다. 요즘 젊은 노동자들 사이에 무슨 말이 유행했는지 아십니까? '먹는 것은 돼지보다 적지만 일은 소보다 많이 해야 하고, 잠은 개보다 늦게 자지만 닭보다 먼저 일어나야 한다'였답니다. 짐승만도 못한 도시 일꾼들의 힘겨운 이 풍자까지 휴대폰과 인터넷에 뜨면서, 그 불만 수위는 들불처럼 급속히 번져 나갔다는 것입니다.

그 다음 이유로는 공직자들의 만연된 부패 고리의 악순환입니다. 그동안 중국인들은 하루도 빠지지 않고 관료사회와 금융집단, 중앙과 지방정부 지도자들, 신흥재벌, 말단 공무원이나 매판자본가, 부동산업자들이 서로 물고 물리며 얽혀 돌아가는 부정부패 사건에 신물이 날 지경이었습니다. 평생을 벌어도 자그마한 집 한 채 소유할 수 없는 가난한 도시 서민들의 박탈감은, 이들 부패세력에게 상대적으로 감당할 수 없는 불만, 분노를 켜켜이 누적시켜 왔다는 것이죠.

거기에 젊은 대학생들에게 되풀이 학습된 선진 민주의식이 가열차게 가세할 수밖에 없었지요. 일당독재를 너무 오래 끌었다, 장기 집권은 반드시 썩게 마련이고, 그래서 중앙정부와 의회 지도자들은 반드시 우리 손으로, 인민의 직접선거에 의해 선출해야 한다는 공감대가 이번 재스민 혁명의 또 다른 기폭제로 점화, 확산된 것입니다."

뉴스특보는 다시 일본 쪽으로 넘어갔다.

열도를 완전 집어삼킬 수 있는 초대형 태풍이 현재 오키나와 해상에 접근했다는 것이었다. 그래서 오키나와는 이미 물바다에 잠겼고, 공포에 질린 일본인들은 그 무서운 재앙으로부터 피난하고자 애쓰지만, 어디로 마땅히 도망칠 데도 없다고 했다. 그런데 여기서 더욱 불행하고 참담한 사태는, 아직도 꺼지지 않고 있는 도쿄대지진의 여진이 여전히 꿈틀거리며 활활 살아있다는 관측이었다. 환태평양의 불의 고리가 다름 아닌 일본땅에서 그 절정을 맞고 있다는 사실이었다. 이게 만약 하늘땅과 바다를 한데 뭉뚱그려 몰아쳐 오는 태풍과 한 통속으로 불붙어 놀아난다면, 일본열도는 그대로 땅속으로, 물속으로 와르르 폭삭 침몰해버릴 건 너무나 당연한 노릇이었다.

"암튼, 큰일이군. 난리도 보통 난리가 아니야."

밤새 뉴스특보로만 연속으로 채워지고 있는 텔레비전 앞에서 벌떡 일어난 나는, 급히 내 서재로 들어가 컴퓨터를 켰다. 그리고 서둘러 인터넷을 눌러서 '백두산 폭발'에 관한 정보를 곰파기 시작했다. 각일각 다가오는 일본의 종말이나 중국의 민주화 혁명도 혁명이지만, 뭔가 조짐이 심상치 않다는 백두산 문제는 당장 우리의 발등 위에 떨어진 위기의 불덩이였다.

사실 백두산이 심상치 않다는 건 어제오늘의 일이 아니었다. 1천년 주기로 대분화가 일어난다는 가설에 걸맞게, 이즈음이 딱 그 주기에 해당된다는 여러 지질학자들의 주장은 차치해두고라도, 1903년에 마지막 분화가 일어난 천지에선 요근래 들어 주변의 일부 암벽에 균열과 붕괴 현상이 자주 일어나고, 온천수의 온도가 무려 섭씨 89도까지 높아졌으며, 화산활동 직전에 나타나는 헬륨과 수소가스 성분이 급격히 증가, 가까운 지역의 초목이 고사되기도 했다니 말이다.

만약 천지 지하의 마그마 활동이 상승하여 그 임계조건을 넘으면 일시에 고압 화산가스가 팽창, 대폭발이 온다고 했다. 그러면 천지 안의 20억 톤 물이 지하 암반 틈새를 따라 마그마와 만나는 경우 실로 엄청난 재앙이 발생한다고도 했다. 가령 진도 9.0 이상의 강진과 함께 화산이 폭발하면 두만강과 압록강, 중국의 송화강이 범람해서 북한 지역에 대규모의 홍수가 넘쳐나고, 그 위에 다시 1미터 이상의 두께로 화산재가 내려 한반도 전체를 뒤덮는다는 것이다. 그야말로 전국토의 초토화, 바로 그것이었다.

이건 어디까지나 호사가들의 가설에 지나지 않을 테고!

혼자 실소를 베어 물며 나는 다시 기록에 남아있는 '백두산 분화' 대목을 찾아보았다.

—세종2년(1420) 5월, 천지의 물이 끓더니 붉게 변했다. 소떼가 크게 울부짖었고, 이런 기괴한 현상은 열흘 이상 지속되

었다. 검은 연기는 인근 지역으로 가득 퍼졌다.

—현종9년(1668) 4월, 한양과 함경도 일대에 동시에 검은 먼지가 하늘에서 쏟아져 내렸다.

—숙종28년(1702) 6월, 한낮에 함경도 일대가 갑자기 어두워지며 비린내가 나는 황적색 불꽃이 날아왔다. 연기 가득한 안개가 갑자기 북서쪽에서 몰려들고, 사방에 생선 썩는 냄새가 진동했다. 눈송이처럼 날아다니는 재는 1자 두께로 쌓였고, 그 쌓인 재는 마치 곱게 톱질한 나뭇조각 같았다.

그리고 나는 또 보았다.

화산 폭발로 생긴 호수로는 세계에서 가장 높은 곳이 바로 백두산 천지라는 것과, 그 천지 일대에 군락을 이루며 피어있는 야생화들이 정녕 아름다운 천국을 만들어내고 있다는 사실을. 언제던가, 한창때의 아들딸과 며느리를 데리고 트래킹 갔을 때, 그애들은 얼마나 이 야생화들에 흠뻑 빠져들었던가. 특히 사진찍기에 몰두했던 며느리는 오로지 이 꽃들에게만 앵글 맞추는 데 정신없었다. 컴퓨터 화면에 총천연색으로 떠있는 그 꽃들을 보니, 새삼 그때가 아득한 그리움으로 다시 다가온다. 백두의 하얀 구름 속에서 피어난다는 구름국화를 비롯해서, 키 작은 금매화 군락지와 쪽빛 하늘매발톱, 자주색

구름송이풀, 비로용담, 오이풀, 박새꽃, 좀참꽃, 각시투구꽃, 노란만병초, 가지돌꽃, 두메분취, 두메양귀비, 화살곰취, 두메자운, 천지진달래 같은 저 눈부신 야생의 고산화원마저도, 만약 백두산이 폭발해버린다면 한 순간에 다 온데간데없이 사라지고 말겠구나, 부질없이 또 혼자 생각했다.

하지만 언젠가는 우리가 몸담고 사는 지구 자체가 거대한 초신성에 흡수돼 깝북 사라질 날이 온다지 않던가. 언젠가는 이 우주도 팽창을 중단하고, 빅뱅 직전의 원점으로 쪼그라들어 사그리 절멸해버릴 거라고 일찍이 많은 과학자들이 예측해 오지 않았던가! 그리고 언젠가는 활화산인 백두산도 반드시 벌겋게 분출할 날이 찾아올 거라고, 국내외 여러 지질학자와 언론 매체들이 계속 입방아를 찧어오지 않았던가.

아아, 그러나 그 '언젠가'가 이렇게 빨리 우리 앞에 닥쳐올 줄은 미처 몰랐다.

다음날 아침 불면의 잠에서 깨어나 보니, 마침내 백두산 천지가 폭발했다는 거였다. 꿈같은 일이었고, 진정 믿고 싶지 않은 기막힌 현실이었다. 텔레비전 속의 아나운서는 잔뜩 긴장된 목소리로, 흥분에 들떠 말했다. 벌써 몇 번째 되풀이되는 긴급 특보인지 몰랐다.

"드디어 올 것이 오고야 말았습니다. 그렇게도 우리의 현실문제가 아니기를 바랐던 백두산 천지 폭발이, 오늘 아침 여섯 시 이십삼 분쯤, 마침내 그 엄청난 재앙의 실상을 드러내고 만 것입니다. 진도 9.2의 강진과 함께 대폭발한 천지는, 지금도 여전히 시뻘건 용암 분출을 멈추지 않고 있으며, 갇혀 있던 어마어마한 양의 호숫물도 한꺼번에 범람, 중국 쪽을 포함한 압록강 일대가 완전히 홍수에 잠길 것 같습니다. 백두산 상공으로 하늘 높이 치솟는 검은 화산재로 해서, 동북아 일대 항공로는 일제히 폐쇄되었으며, 절체절명의 위기를 공유하게 된 남북한 당국은 이에 발 빠르게 대응, 방금 전 일곱 시 사십 분에 서울과 평양 간의 직접 화상대화를 통해 '남북공동대책위원회'를 결성했습니다. 그에 따라 우리측 전문가들이 각 분야별로……"

"우리 어서 시골로 내려갑시다. 일단 서울을 빠져 나가야 될 것 같아요."

느닷없는 아내의 성화였다. 나는 반가움 반, 놀라움 반이 뒤섞인 두 눈을 휘둥그레 굴리며,

"어, 그래? 그럼 그럴까? 아무래도 그러는 게 낫겠지?"

넋두리하듯 중얼거리며 아내와 텔레비전 화면을 열심히 번갈아 살폈다. 이어지는 화면은 카메라가 어떻게 그 절박한 현장을 제때에 포착했는지, 실로 웅장하고도 화려, 엄숙했는데, 그래서 차라리 비장, 황홀하기조차 한 화산 폭발 장면들이었다. 텔레비전은 연신 생중계하듯 적나라하게 북한과 중국 쪽에서, 또는 하늘에서 입체적으로 찍은 것들을 반복해 내보내고 있었으나, 지금은 현장 사정이 너무 어렵고 위험해서 그 접근이 거의 불가능하다고 거푸 토를 달았다.

그 화면들을 하나도 놓치지 않으려 애쓰면서, 나는 올차게 짐을 챙기기 시작했다. 아내의 손도 이미 바쁘게 움직이고 있었다. 어제 사온 비상식량과 물품들에 덧붙여, 비상시에 필요한 주방기기나 그릇, 수저, 냄비 등속에 이르기까지, 낯선 곳에서의 피난살이 고생을 최소한으로 줄이기 위해 갖은 묘책을 다 짜내는 것 같았다.

그래, 위기는 오히려 새로운 기회일 수도 있지.

지금 당장은 좀 어렵고 힘들지라도, 이 고비만 잘 넘기기만 한다면 차라리 전화위복의 새로운 삶이, 내가 그토록 바라고 소원해마지않았던 소박한 자연 속의 시골살이가 절로 이루어질 수도 있겠다는 드센 기대감이 생겼다. 그래서 나는 아내가 집어 주는 속옷가지와 간단한 이부자리, 수건과 세면도구까지 착실히, 즐거운 기분으로 차곡차곡, 큼지막한 여행가방과 이불보에 챙겨 넣었다. 그리고 그 두툼한 이삿짐 꾸러미들을 부리나케 차에 실었다. 중형 승용차의 뒷좌석과 트렁크가 그것들로 한 가득이었다.

그런 급박한 와중에서도 나의 눈은 틈만 나면 곧장 텔레비전 화면에 가 꽂혔다. 거기에서 흘러나오는 중국 쪽 사정은 우리보다도 훨씬 더 참담하고 절박했다. 오랜 공산당 정권 자체가 붕괴 직전에 놓인 마당에, 그리고 남중국해의 쓰나미와 티베트, 신장 위그루의 지방정부 함락의 뒤처리도 아예 두 손을 놓아버린 판국에, 저 동북공정의 상징 같은 장백산(백두산의 중국 이름)마저 폭발하고 말았으니, 그야말로 엎친 데 덮친 격이요, 불난 집에 더욱 센 불질을 당한 꼴이었다.

화면 속의 해설위원은 또 설명했다.

"세계제패를 눈앞에 두었던 경제대국 중국이 저렇듯 허무하게 무너지다뇨. 정말 영원한 제국은 절대 존재할 수 없다는 진리를 온몸으로 실감하는 것 같습니다. 연이은 천재지변의 대재앙에다, 그에 편승해 중국 대륙 도처에서 일시에 들고 일어난 도도한 민주화 물결은, 이제 전인민의 직접선거에 의

한 새 정권 창출을 도모하는 단계에 이르렀습니다. 그런데 문제는 수면 위로 급부상한 소수민족들의 독립운동입니다. 억울하게 나라를 빼앗겼던 티베트 망명정부는 아예 자기들만의 새로운 주권국가를 그 지방정부 수도에서 선포했으며, 우리 조선족이 몰려 사는 연변 쪽 움직임도 결코 심상치 않다는 소식이 들려오고 있습니다. 다름 아닌 북한의 민주화 내지 한반도 통일문제와 연계된 움직임이 바로 그것인데, 만약 중국의 재스민혁명이 이대로 쉽게 성공한다면, 그 불길의 여파는 곧 바로 압제와 핍박과 고난의 땅인 북한으로 번져갈 것은 불을 보듯 뻔한 일인 것입니다. 현대 지구상에서 도무지 그 유래를 찾아볼 수 없는, 무려 삼대씩이나 불법 세습을 자행해가며 무자비한 철권통치를 저질러 온 김일성 왕조도, 이제 비운의 백두산 화산 폭발과 함께 그 명운을 비로소……"

"아, 안 가요?"

이미 떠날 준비를 다 마친 아내가 현관문을 열어젖히면서 또 채근이다. 나는 화들짝 텔레비전 리모컨을 눌러 끄며 서둘러 그네 뒤를 따랐다. 밖으로 나오니 한껏 불쾌지수가 차오른 폭염이 한창이었고, 어디선지 비릿한 생선 썩는 냄새도 스멀스멀 맡아졌다.

어? 벌써?

서울 상공에 화산재가 도달하려면 아직 시간 여유가 있다고 했는데 이상한 일이었다. 혹시 일본 태풍의 간접 영향권에 이 한반도가 놓인 탓인지도 모를 노릇. 아무튼 우리 부부 둘만이라도 한시 바삐 서울을 빠져 나가주는 것만이 급선무인 것 같았다. 이는 물론 일차적으로는 무서운 재앙으로부터의 일신상의 피난에 그 주된 목적이 있거니와, 기왕이면 절로 숨막히는 서울보다는 산 속 시골이 여러모로 좋을 것 같았다. 설사 화산재에 묻혀 비명의 죽음을 맞게 된다 할지라도, 우리가 빨리 그 빈집에 들어가 사는 일만이 무슨 피치 못할 의무이자 신성한 권리처럼만 여겨졌다.

맞아, 그렇게 사는 거야. 조금은 원시적으로, 웬만한 먹을거리는 직접 호미 들고 재배해 가면서!

호랑이 담배 피던 시절의 저 미개한 삼국시대까지는 아니더라도, 적어도 자동차나 전깃불이 들어오기 이전의 조선시대 후기쯤의 사람살이로 되돌아가는 것만이, 우리가 참답게 구원받을 수 있는 유일한 첩경으로 여겨졌다. 그래야만이 모두가 도시로, 도시로만 모여들어 죽자살자 아귀다툼을 벌이고, 쓰레기와 공해물질을 무한정으로 내뿜고, 그리하여 분노한 하늘과 바다와 땅의 쉴 새 없는 '천벌'로부터 가까스로 해방될 수 있을 것만 같았다.

"자, 가자구."

운전석에 올라앉은 내가 신음처럼 내뱉었다. 하지만 마지막 살길을 찾아, 공들여 숨겨 놓은 최후의 낙원을 향해 떠나면서도 내 마음은 결코 유쾌하지가 않았다. 어디선가 계속 맡아지는 썩은 생선냄새처럼, 마치 가스불이라도 그냥 켜두고서 깜박 잊고 나온 뒤끝처럼 마음이 영 개운치가 않았다. 그러나 아내는 차가 출발하기 바쁘게 이내 기분이 좋아져서,

"우리 가는 거기, 동네 이름이 뭐랬지요?"

한 번도 제대로 관심 보이지 않았던 대목을 새삼스레 묻고 나섰다. 나는 듬쑥 대답했다.

"샘골. 물맛이 참 기막힌 곳이지."

"집은 몇 가구나 있남?"

"띄엄띄엄 일곱 가구. 그래서 동네라고도 할 수 없지, 뭐."

"주민은 모두 노인네 분들뿐이겠네? 몇 분이나 돼요?"

"요즘 시골, 뻔하지. 우리 빈집 소개해 준 이만 남자고, 다 할머니 혼자씩이더라구. 고려장이 따로 없어."

"내 참, 고려장이 뭐야? 앞으로 우리하고 오순도순 정붙여

살아갈 분들한테!"

"그런가? 아무튼 우리가 가서 분위기를 싹 바꿔 놓자구. 유토피아처럼."

껄껄껄 웃으면서 전철역 가까이 접어들었을 때, 나는 다시 마지막 비상용품을 더 구입하기 위해 대형마트 진입을 시도했다. 배터리로 켜는 휴대용 라디오는 반드시 준비해야겠고, 쌀 두어 포대와 라면, 부침가루 따위도 더 필요해서였다.

그러나 그곳으로의 진입은 어림도 없었다. 장사진을 이룬 다른 차들이 먼저 길을 막은 채 도무지 주차장처럼 꼼짝달싹하지 않았다. 나는 곧 방향을 바꿔 고속도로 쪽으로 빠졌다. 차에 오르자마자 아까부터 켜놓은 라디오에서는 연신 중국과 일본을 포함한 동북아에 한꺼번에 몰아닥친 경천동지驚天動地의 인재人災와 자연재해에 대해서 쉴 새 없이 보도하고, 분석하고, 나름대로의 대책을 떠들어대기에 바빴다.

"아, 이런 극적인 종말의 시대 상황이 동시에 연출될 수도 있군요. 마치 창세기의 암흑천지를 보는 것 같습니다. 혼돈과 혼돈, 오로지 혼돈 그 자체입니다. ……중국 대륙은 원래가 거대한 용광로와도 같아서, 무엇이든 빨아들이고, 활활 불태우거나 녹여버리고, 그것을 다시 하나로 응집시키는 놀라운

저력을 갖고 있습니다. 따라서 지금 대륙에 불고 있는 민주화의 거센 정권교체 바람이나 남중국해의 쓰나미, 그리고 장백산 폭발 같은 그 어떤 내우외환도, 결국에는 다 용광로 속으로 휩쓸려 들어가 아주 긍정적인 국가적 기제로 다시금 작동할 것입니다. 왜냐하면 중국은 그만큼 인구수나 국토 면적, 그것을 품고 있는 기본사상의 그릇이 거대하니까요. 문제는 일본입니다. 일본열도는 지금 누란의 위기에 빠져 있습니다. 나라 자체가 침몰하느냐 마느냐의 망국의 기로에 서있습니다. 그동안 수도 한복판을 강타한 강진의 여파가 채 가시기도 전에, 또다시 엄청난 양의 비바람을 품은 초대형 태풍이 방금 전 그 일본열도에 상륙했기 때문입니다. 이 태풍의 위력이 얼마나 센지, 현재 우리나라 동해안 지역에도 많은 비를 뿌리기 시작했으며, 특히 울산과 포항을 비롯한 해안지역에선 강풍을 동반한 해일 피해에도 각별한 주의가 요망됩니다. ……어, 그러고 보니, 우리 발등에 떨어진 불덩이가 더 급하군요. 북한의 거의 전 지역의 도시 기능이 현재 완전 마비 상태에 놓여 있다는 소식입니다. 안 그래도 열악한 도로와 철도, 산업시설이 쏟아져 내리는 화산재와 천지가 불러일으킨 대홍수로 해서 가동을 멈추거나 전면 통제되고 있으며, 거의 모든 군인과 젊은 대학생들이 이의 복구사업에 총동원되었다고 합니다. 그들은 또 남한에서 긴급 지원되는 공동대책위의 전문 인력과 장비, 넉넉한 구호물자 등에 크게 기대를 걸고 있는 모양입니다. 그런데 문제는 그 이면에 솔솔 숨어 있는 뜨거운 민주화 열망이라는 것이죠. 바로 코앞에서 불어닥친 중국의 재스민혁명 바람은 그동안 쌓이고 쌓인 북한 동포들의 불만과 분노를 일거에 잡아 일으켜 활활 불붙이고도 충분하다는 사실입니다. 그것이 어디서 어떻게 폭발하느냐는 이제 일분일초를 다투는 시간문제인 것 같습니다."

부슬부슬 비가 내리기 시작했다. 조금 전까지만 해도 후텁지근 찌는 날씨였는데, 하늘은 재빨리 꽤나 불유쾌하고도 음산한 기운을 한껏 내리깔면서 시원한 빗방울을 뿌려준다. 그런데 이상한 점은 그 비에서 아주 고약한 냄새가 난다는 거였다. 차의 문들을 굳게 닫아걸고 찬 에어컨 바람을 세게 틀었는데도, 비릿하면서 매캐한 그 냄새는 어디론지 쉬지 않고 줄기차게 덤벼들었다. 금방 머리가 지끈거리고 욕지기마저 치밀어 올랐다. 차는 이미 고속도로 한가운데로 접어들어서, 어떻게 옴짝달싹할 수도 없는 진퇴양난의 처지였다. 너무 많이 한꺼번에 몰려나온 차와 차들에 뒤섞여, 어쩔 수 없이 그냥 앞으로 떠밀려 간다고 보는 게 옳았다.

도대체 이 많은 차들이 어디로 가고 있단 말인가. 왜, 무엇을 찾아서?

알 수 없는 일이었다. 그리하여 그 무리에 함께 휩쓸려 들어있는 내 자신마저도 괜스레 경멸스럽고 초라하게 느껴졌다. 빗발은 점점 더 굵어졌고, 냄새 또한 더욱 심해졌다. 가로수 가지가 휘어지도록 세찬 바람까지 불어댔으며, 멀리, 가까이서 요란한 천둥과 번개가 번갈아 몰아치고 있었다. 거북이보다 훨씬 느린 속도로 고속도로에 갇힌 지 벌써 다섯 시간째, 점심때가 훌쩍 지나 있었다. 그럼에도 양양선을 타고 있는 차는 이제 겨우 춘천휴게소에도 미치지 못한 상태였고, 라디오에서는 계속 감당하기 힘든 공포 분위기를 자아내는 데 혈안이었다.

"일본을 강타하고 있는 태풍의 위력이 얼마나 엄청나면, 우리나라의 동해안 지역까지 이런 황당한 피해를 입고 있겠습니까. 울산과 포항 일대는 지금 완전히 물바다가 되었습니다. 불과 한 시간 만에 쏟아진 비가 무려 삼백구십 밀리미터에 달하니, 가히 물폭탄을 퍼부었다고 해도 과언이 아닐 것 같습니다. 이런 수해의 경험은 지금까지의 기상관측 이래 한 번도 없었던 일이라는데, 그 결과 울산과 포항 시내 도로는 전부 계곡이나 저수지로 변해버렸으며, 산사태에 묻히고 급류에 휩쓸려 떠내려 간 사람만도 대략 6천 명 선에 이를 정도입니다. 물폭탄에 찢기고 침수된 주택은 수만 채이며, 차량은 수십만 대에 이를 것 같습니다. 국가경제의 중추였던 조선소나 세계적 기업인 자동차공장들도 예외 없이 물에 잠겼으며, 끊어진 전력을 복구하는 데만도 앞으로 수개월 이상이 걸릴 전망입니다."

"우리. 어떻게든, 다시 돌아가야 되는 거 아니에요?"

겁에 질린 아내가 입술을 잘근잘근 깨물며 말했다. 평소에도 더없이 침착하고 냉정한 그네도, 휘몰아치는 빗줄기와 차창 밖을 너무 자주 번쩍이는 천둥, 번개에는 도무지 어떻게 해볼 도리가 없는 모양이었다. 잔뜩 태연을 가장하며 내가 받는다.

"어디로 가든 다 마찬가지야. 여기서 다시 되돌아가는 건 더욱 불가능하구."

"그래두, 무작정 길 위에서, 맹목적으로 당하는 것보다는……"

"이 사람이 참, 당하긴 뭘 당한다구 그래? 금방 지나갈 소낙비 같은 거니까 제발 걱정 말게나. 나만 믿어!"

그러나 한바탕 우당탕거리며 그냥 슬그머니 지나갈 비가 아니었다. 그럴 만한 천둥과 번개는 더더욱 아니었다. 아니, 지금까지보다도 더 희한하게 거칠고 해괴망측한 색깔의 비가 하늘 깨지는 천둥, 번개와 함께 주렴이듯 주룩주룩 쏟아져 내렸다.

"아니. 저게 무슨 꽃비지?"

놀란 아내의 시선을 따라 휘둥그레 차창 밖을 내다보자니까, 아뿔싸, 비에 섞인 화산재였다. 처음엔 발그스레한 핏물처럼 보이다가 유황 같은 진한 오렌지 빛으로 변하더니, 그것이 점점 검은 색에 가까운 잿빛으로 다시 바뀌었다. 막연한 상상으로만 저만큼 밀어두었던 우려가, 요지부동의 현실로 성큼 다가든 순간이었다. 사람의 힘으로는 도저히 막을 수도 피할 수도 없는, 엄연한 하늘의 뜻이었다. 나는 낮게 씹어 뱉었다.

"드디어, 왔군."

주룩주룩, 장대 같은 꽃비가 사정없이 쏟아져 내렸다. 세상은 온통 오렌지색과 잿빛이 뒤섞인 암흑 천지였다. 거기에 태풍이 불러일으킨 게릴라성 집중 호우까지 퍼부어대니, 조심조심 운전하던 나는 한치 앞도 분간할 수가 없었다. 모든 차들은 꼼짝할 수 없이 길 위에 갇혀버렸고, 우리가 애초에 목적지로 삼았던 샘골행도 이미 거품처럼 날아가고 말았다. 잔뜩 물먹은 전파 방해로 해서 저 혼자 찍찍거리던 라디오도 더 이상 들을 수 없었으며, 하늘에 구멍이 뻥 뚫린 듯 쏟아지는 세찬 꽃비는 시간이 흘러도 도통 멈출 줄을 몰랐다. 아니, 모든 시간 자체가 일제히 한 자리에서 멈추어버린 것 같았다. 그리고 아주 가까운 곳에서 우르르 쾅, 거대한 산이 무너지는 소리가 들렸고, 우리 차도 에누리 없이 그 흙더미에 깔리고 말았다. 보이느니 또 어둠의 꽃비. 창세기의 혼돈, 바로 그것이었다.

병원에 실려 온 우리가 의식을 정상으로 되찾은 것은, 그로부터 닷새나 훌쩍 지난 후였다. 사람들은 이구동성으로 기적 같은 일이라고 했다. 꿈같은 일이라고, 도대체 무슨 천운을 타고났기에, 그런 끔찍한 산사태와 꽃비의 무덤 속에서 다시 부활해 살아났느냐고 사람들은 입을 모아 우리를 칭송하고 찬탄했다.

기적은 또 다른 곳에서도 거푸거푸 일어나 있었다. 병원

입원실 침상에서 바라보는 텔레비전 속 아나운서는, 계속해서 이렇게 흥분해 말했다.

"나라 전체가 쑥대밭이 되어 성난 바다 속에 침몰해버린 일본에는 참 안됐지만, 그 초대형 태풍이 불어준 덕분에 백두산 화산재는 이제 거의 말끔히 씻겨 나간 것 같습니다. 그 재의 대부분은 태풍에 실려 중국으로, 일본 북해도와 러시아 연해주 쪽으로, 심지어는 머나먼 미국의 알래스카로 다 흩어져 날아갔으며, 때맞춰 내린 엄청난 양의 집중 호우로 해서 미처 땅에 쌓일 겨를도 없이 바다로 싸악 흘러 나간 것입니다. 거기에 또 이 무슨 민족의 경사입니까! 꿈은 반드시 이루어진다더니, 아, 마침내 위대한 우리 배달겨레의 숙원이었던 남북통일이 이리 쉽게 성취되다니요. 오늘 아침 전격 발표된 조선민주주의인민공화국의 주석과 대한민국 대통령의 '무조건 통일' 공동선언이, 이제 곧 그 실천 단계로 접어들 모양입니다. 살다보니 이런 좋은 날도 우리한테 찾아드는군요. 오, 대한민국 만세, 조선민주주의인민공화국 만세. 아니, 새로운 나라 이름으로 채택된 코리아연방공화국 만세!"